CLÁSICOS DE CIENCIA FICCIÓN

La difunta pleiteada

LOPE DE VEGA

La difunta pleiteada

LOPE DE VEGA

373

PRÓLOGO DE RICARDO MUÑOZ FAJARDO:
LA FANTASÍA *SUI GÉNERIS*

373
ablaz

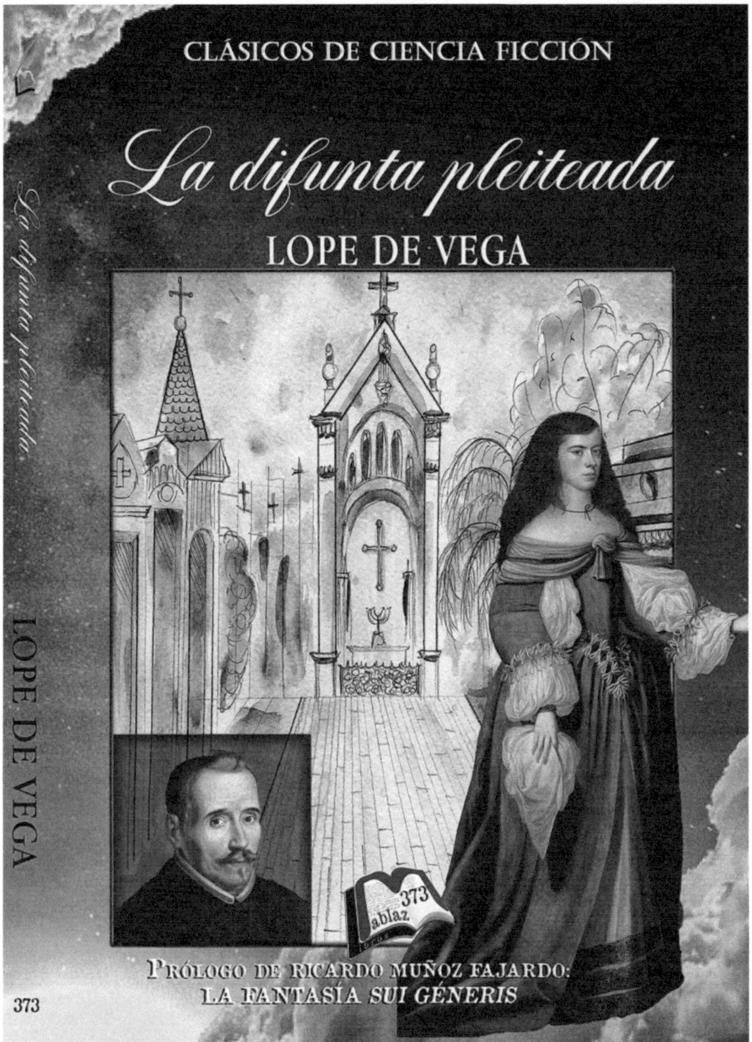

Ciencia Ficción y Fantasía - 138

ablaz.

La difunta pleiteada
Primera Edición, diciembre de 2024

© Libros Mablaz, Madrid, 2024
www.librosmablaz.com

© De esta edición, Editorial Libros Mablaz

blogs:
Editorial Libros Mablaz
http://editoriallibrosmablazycienciaficcion.blogspot.co m.es/
Ciencia ficción y fantasía en Libros Mablaz:
http://mablazlibros.blogspot.com.es/
Introducción a las obras de Libros Mablaz:
http://librosmablazextractos.blogspot.com.es/
Libros Mablaz en Facebook:
https://www.facebook.com/groups/530547690292189/
Tu Librería en Casa:
https://www.facebook.com/TuLibreriaEnCasa
Librería Libros Mablaz en Todocolección:
https://www.todocoleccion.net/librosmablaz_vendedorTC

Diseño de cubiertas: Mari Carmen López

ISBN: 978-84-129339-4-9
Depósito Legal: M-25214-2024

LIBROS MABLAZ - 373

LA DIFUNTA PLEITEADA

Lope de Vega

PRÓLOGO: LA FANTASÍA *SUI GÉNERIS*

La sinopsis de *La difunta pleiteada* se puede describir con pocas palabras, y es un tema recurrente de la literatura no solo española, sino universal. Una mujer es dada por muerta y es inhumada, para luego volver milagrosamente a la vida o, simplemente, no estaba muerta cuando recibió sepultura y que cuando despierta de su sueño que incluso ha ocultado sus funciones vitales, y vuelve a su vida normal se encuentra con que dos hombres se disputan su amor, incluso su posesión como acompañante para toda la vida, lo que embute a la que parecía difunta tiene la opción por derecho de quedarse con ella su marido o el enamorado que descubrió que aún vivía o que había resucitado.

La fantasía de esta obra se acaba ahí, luego Lope, el fénix de los ingenios, acude a lo que el domina, y crea una comedia en verso en que se narra la disputa por la dama de sus dos pretendientes.

A cuenta de esto, hemos de hablar de ciertas obras que tocan la fantasía de modo nimio, poniendo como ejemplo los libros reeditados por la editorial Libros Mablaz.

El primero de ellos podría ser *La Piedra filosofal de J. Obleman. Historia de un doctor que ha resuelto vivir sin comer*, de Julio Nombela, que tiene tanto del título que tiene como de comedia de enredo; *El pueblo aéreo*, de Julio Verne, que tiene tanto de aventura como de ciencia ficción; *El crimen del fauno*, de Antonio de Hoyos y Vinent, una fábula sobre la condición humana, que se convierte en un monstruo cuando las circunstancias lo determinan o por simple placer; *Pío Cid*, de Ángel Ganivet, una novela costumbrista en el que el protagonista alberga ciertos poderes; *La mujer fría*, de Carmen de Burgos, que dentro de una trama misteriosa y gótica aborda los problemas de relación de la mujer con los hombres; *Narraciones*, de Federico García Lorca, que mezcla la fantasía con hechos de santos; *El socio*, de Joseph Conrad, que es tanto una odisea como una historia misteriosa.

La difunta pleiteada, atribuida en un principio a Francisco de Rojas Zorrilla, parece hacerse demostrado que fue escrita por Lope de Vega, y es imposible para un editor no publicar una obra suya, aunque solo tenga un poco de fantasía en su argumento.

Ricardo Muñoz Fajardo

LA DIFUNTA PLEITEADA

ESTUDIO DE LITERATURA COMPARATIVA

TÉSIS

PRESENTADA PARA EL GRADO DE DOCTOR
EN LA FACULTAD DE FILOSOFÍA Y LETRAS

POR

MARÍA GOYRI DE MENÉNDEZ PIDAL

MADRID
LIBRERÍA GENERAL DE VICTORIANO SUÁREZ
48, Preciados, 48
1909

Libro de María Goyri en donde demuestra que
La difunta pleiteada es una obra de Lope de Vega
y no de Francisco de Rojas Zorrilla

PERSONAS QUE HABLAN EN ELLA

MANFREDO, galán

BELARDO, su criado

LEANDRO, galán

CAMILO, su padre

CALIXTO, escudero viejo

CELÍN, esclavo

FABRICIO, viejo

ISABELA, dama

FELICIO, su padre

FULGENCIA, criada

HORACIA, dama

TULIO, criado

ROBERTO, príncipe

Un GOBERNADOR

Felino. En el original Felicio, pero es evidente que el poeta le quiso llamar Felicio, pues en un verso este nombre se encuentra al final rimando con 'camino'[1].

Nosotros mantenemos el nombre dado por el autor al personaje en la edición original.

Roberto. En unas escenas aparece como Príncipe y en otras como Roberto[2].

---

[1] Durá Celma, Rosa (Artelope).
[2] Durá Celma, Rosa (Artelope).

Jornada I

*Salen Isabela, dama, y Fulgencia, criada, con mantos, y
Calixto, escudero viejo, y Belardo, criado de Manfredo,
tras ellas*

ISABELA	¡Solemne ha sido el oficio!
FULGENCIA	¡La música singular!
ISABELA	Es de la gloria el cantar,
	Fulgencia, angélico indicio;
	y tanto se agrada Dios,
	que en todas las ocasiones
	canten salmos y oraciones.
CALIXTO	Devotas venís las dos,
	y ansí habláis de ese misterio
	como quien pensando estaba
	el salmo en que Dios se alaba
	el órgano salterio.
	La música sola es
	la que os pareció mejor.
	¿No habláis del predicador?
ISABELA	¿Tan ignorantes nos ves
	y tan poco virtuosas?

CALIXTO	No es por la mucha ignorancia,
	mas por la mucha distancia
	que estáis de sagradas cosas.
	Pues donde habláis de los cielos,
	y es su Hacedor alabado,
	las dos nunca habéis quitado
	los ojos de mil mozuelos.
	¿Pues ya ellos en las dos?
	¡Rabia en quien osa poner
	los ojos en la mujer
	cuando los quita de Dios!
ISABELA	Basta, que os ha entrado bien
	el sermón, Calixto mío.
CALIXTO	Por esa parte lo digo,
	y porque es fealdad también.
	La dama que de discreta
	presume nombre tener,
	dicen todos que ha de ser:
	en el estrado, discreta;
	en casa, fregona rota;
	cabra en el campo; en la calle,
	señora; reina en el talle,
	pero en la iglesia devota.

Habéis estado inquietas

y tan desasosegadas,

que sois de hermosas loadas,

pero no muy discretas.

Con amigas y vecinas

tal chirriadero traéis,

que parece que tenéis

un nido de golondrinas.

FULGENCIO   Basta, que ya de escudero,

os hacéis ayo.

CALIXTO   El ser viejo

me obliga a daros consejo.

ISABELA   ¡Qué necio!

FULGENCIA   ¡Qué majadero!

ISABELA   Entrad, abrid esa puerta,

y a mi padre lo diréis,

como otras veces hacéis.

CALIXTO   ¿Yo?

ISABELA   Vos. Pues ¿no es cosa cierta?

CALIXTO   Por el toro de San Lucas,

que vos me lo levantáis.

ISABELA   Andá, que ya me enfadáis

con esas gracias caducas.

CALIXTO	¡Mirad de qué hace extremos!
	¡Loca juventud, en fin!
ISABELA	Vente, Fulgencia, al jardín,
	que tengo que hablarte.
FULGENCIA	Entremos.

Vanse, y queda Belardo

BELARDO	Ya, para lo que he venido,
	he hallado más que busqué,
	pues tales nuevas daré
	a un ciego amante perdido.
	Enviome mi señor
	a que esta dama siguiese,
	creyendo que fácil fuese
	el fin de su ciego amor.
	Que si alguna vez le toca
	este atributo, es aquí,
	pues en un punto le vi
	llegar el alma a la boca.
	¡Oh, cuánto es digno de nombre
	quien tal sentencia compuso!,
	que Naturaleza puso
	dos venenos en el hombre.

14

Si matarse le conviene,

no ha menester más enojos

que echar mano de los ojos

o de la lengua que tiene.

Vio Manfredo aquesta dama,

matáronle ojos y lengua,

pues la mira y habla en mengua

de su vida y de su fama.

¡Oh, Amor, comparado al sueño,

como la muerte, enemigo!

Sale Manfredo, galán

MANFREDO   ¿Hallaste, Belardo amigo?

¿Sabes la casa y el dueño?

¿Digo casa? ¿El paraíso

de aquel ángel, si es el suelo,

o de aquella estrella el cielo

donde Dios formarla quiso?

¿Hallaste el centro dichoso

de aquella dama divina

que esta alma a pensar inclina

en su Hacedor poderoso?

BELARDO	Aquí verás de tu dama,
	señor, en quitando el velo,
	paraíso, centro y cielo
	del ángel, estrella y llama.
	Y ¡por tu vida!, señor,
	que, en quitando la cortina,
	la pienses menos divina
	que la imagina tu amor.
	Que bien se puede querer
	sin ir al cielo y venir,
	pues cuanto puedes decir
	se resuelve en que es mujer.
MANFREDO	¡Bestia, no me des molestia!
	Que por quererla no más
	de porque es hembra, me das
	naturaleza de bestia.
	El hombre, que es diferente
	al bruto que pace el suelo
	en rostro que mira al cielo
	y razón que entiende y siente,
	más ha de considerar,
	en este nombre de amante,
	que engendra su semejante,
	y más ha de desear.

Si el alma se ha de querer

y el alma es parte inmortal,

¿por qué lo que es celestial

se resuelve en que es mujer?

Mas déjate de ser loco

y dime cuál es la casa

de aquel rayo que me abrasa,

teniendo mi cuerpo en poco.

Que, aunque me ves vivo, amigo,

todo lo que viene dentro

es fuego hasta el mismo centro.

BELARDO   ¿Quién ha de argüir contigo?

¡Vive Dios, que estás sin seso!

Esa es la casa del rayo.

MANFREDO   Ya en mirarla me desmayo,

como la cárcel el preso.

Casa es de hombre principal.

BELARDO   Las armas del frontispicio

son, Manfredo, claro indicio.

MANFREDO   Llega a ver.

BELARDO	¡Bravo portal!
	¡Bravas columnas y mármoles,
	corredores y patín!
	Y aún se ve dentro un jardín,
	flores, fuentes, plantas y árboles.
MANFREDO	El dueño es noble ¡ay de mí!
	Mas ¿cómo en tanta belleza
	pudo faltar la nobleza?
BELARDO	Un esclavo viene aquí.

Salen Celín, esclavo, con unas almohadas de estrado

MANFREDO	¿Qué trae?
BELARDO	Unas almohadas.
	Sosiégate, ¿qué te alteras?
MANFREDO	Ventura llevarlas fuera
	si allí estuvieron sentadas.
BELARDO	Llega, y aviada.
MANFREDO	A lo menos,
	besarlas no fuera malo.
BELARDO	Antes extraño regalo.
MANFREDO	¿No lo han hecho otros tan bueno?
BELARDO	¿Y cómo?

MANFREDO	¿En las almohadas
	te parece mucho exceso?
BELARDO	Antes gusto dar un beso
	donde estuvieron sentadas.
MANFREDO	Dime, amigo, antes que llegues
	al mucho bien dónde vas,
	aunque en el traje que estás
	ni te abrases ni te ciegues,
	¿quién en esa casa vive?
CELÍN	Felicio vive, señor,
	un patricio de valor.
MANFREDO	(¡Qué leyes contra mí escribe!)
	¿Es su hija la que ahora
	de la iglesia, amigo, viene?
CELÍN	Es hija que sola tiene,
	y una discreta señora
	a quien tiene bien que dar
	treinta mil en dote.
MANFREDO	Amigo,
	muy cargado hablas conmigo,
	por fuerza te has de cansar;
	muestra, que yo te ayudaré
CELÍN	No, señor, que bien estoy.
BELARDO	¿Estás loco?

19

MANFREDO	Loco estoy,
	pues hablo a este ángel en pie.
BELARDO	¿También es ángel el moro?
	(¡Ea, perdiose, no hay más!)
MANFREDO	¿Y tú sirviéndola estás?
CELÍN	Poco mi servicio lloro,
	porque la cautividad
	entre gente tan ilustre
	es de mi bajeza lustre.
MANFREDO	¿Quieres tú mi libertad
	y darme este pobre traje?
CELÍN	Serviros, señor, quisiera
	en cosa que yo pudiera.
MANFREDO	Es turco y noble en linaje.
	Estos son hidalgos todos,
	ricos, gentilhombres, bellos
	y son citas los más de ellos,
	de quien descienden los godos.
BELARDO	Pues ángeles los hiciste,
	¿qué no los harás ahora?
CELÍN	¿Queréis bien a esta señora?

MANFREDO	Del alma astrólogo fuiste;
	fuiste un nuevo Albumasar,
	que pronosticas tan bien
	el nacimiento a mi bien
	y el principio a mi pesar.
	Todo el curso celestial
	de mis ojos inquiriste,
	y por la causa entendiste
	los efectos de mi mal.
	Amela cuando la vi,
	que ahora acabo de vella.
CELÍN	No me espanto, que es muy bella.
MANFREDO	¿Quieres decille de mí?
CELÍN	Sí diré. ¿Cómo os llamáis?
MANFREDO	Manfredo.
CELÍN	¿Sois noble?
MANFREDO	Soy.
CELÍN	¿Rico?
MANFREDO	Fuilo, y pobre estoy.
CELÍN	Yo diré que vos la amáis.
MANFREDO	Toma, y perdona.
CELÍN	Bastaba
	que yo os cobrase afición
	por bastante galardón.

Sale Calixto

CALIXTO   ¿Con ese espacio se estaba?

            Entre, señor galgo, acá.

MANFREDO   (Lo mejor se me olvidó.)

CELÍN   (Temiéndote estaba yo.)

CALIXTO   ¿Qué réplica?

CELÍN   Que entro ya.

MANFREDO   (¡Que no preguntase el nombre!

BELARDO   Calla, que yo lo sabré.)

CALIXTO   Yo os haré sentar el pie.

            Entra dentro.

BELARDO   ¡Ah, gentilhombre,

            suplicoos no le toquéis,

            porque yo le detenía.

CALIXTO   ¿Y sois vos de Berbería,

            que por el perro volvéis?

BELARDO   Traigo unas cartas, amigo,

            para esta casa, y ansí

            detuve el esclavo aquí,

            que no es digno de castigo.

22

CALIXTO	¿Son para el señor de casa?
BELARDO	Para su hija Lidora.
CALIXTO	¿Lidora? Que aquí no mora.
	¡Ved en lo que el tiempo pasa!
BELARDO	Digo que mora, y aquí
	he de dar la carta.
CALIXTO	Andad
	noramala y preguntad
	dónde vive por ahí;
	y si no sabéis leer,
	buscad algún rapacito
	que os declare el sobreescrito,
	o procuradlo aprender.
MANFREDO	(¡Terrible es la centinela!)
BELARDO	¿Que no es como digo yo,
	Lidora?
CALIXTO	Digo que no.
BELARDO	Pues ¿cómo?
CALIXTO	¿Cómo? Isabela.
BELARDO	¿Ansí? Tenéis gran razón,
	porque su padre es Felicio.

CALIXTO   Ahora lleváis camino;
               esos dos su nombre son.
               Fulgencilla es la criada
               con quien de misa venía,
               y Celín el que traía
               el alfombra y la almohada,
               y yo, hablando con perdón,
               soy Calixto, el escudero.

Vase

MANFREDO   Este es grande majadero,
               y ha de ser mi perdición,
               porque una antigualla de estas
               nunca la vence interés,
               y aunque liviano le ves
               es traer un monte a cuestas.
               Suele un decrépito asir
               como gigante una puerta,
               que no la veréis abierta
               con un cañón de batir.
               Que, al fin, con poca destreza
               se vence una cosa fuerte,
               y estos son como la muerte,
               que defienden con flaqueza.

BELARDO	¿Ya comienzas a temer?
MANFREDO	No hay empresa que me asombre,
	que con este dulce nombre
	todas las pienso vencer.
BELARDO	Pues quien este Argos venció
	y le engañó con la vara,
	hoy te defiende y ampara.
MANFREDO	Y desde hoy te sirvo yo.
	Ya, Belardo, eres mi dueño;
	tú me has de mandar a mí.
BELARDO	Para servirte nací,
	lo demás es sombra y sueño.
	Pensemos lo que has de hacer
	en esta empresa imposible.
MANFREDO	Seguirla hasta hacer posible
	lo que imposible ha de ser.
	Gentileza y opinión,
	industria y atrevimiento
	hallan presto acogimiento
	en mujeril corazón.
	Leandro, cual yo, perdido
	y en ocasión semejante,
	en una noche fue amante
	y antes del alba querido.

Ero, que también le vio
en un templo, como a mí,
mil veces le dijo "sí"
por una que dijo "no".
Aquí no soy conocido
si no es de dos hombres graves,
que a Sicilia, como sabes,
de Nápoles he venido.
Habémonos de fingir
moros y a este esclavo hablar,
que venille a rescatar
de Túnez pienso decir.
Que con algún interés
dirá el moro que es mi hermano,
quedando fácil y llano
lo que tan difícil es,
porque entraré sin recelo
en este cielo que adoro.

BELARDO   ¡Muy bien en traje de moro
vas para entrar en el cielo!
No te quiero replicar,
que sé que ha de ser sin fruto,
y siendo este moro astuto
podrás a Isabela hablar.

MANFREDO	Pues ven y no te alborotes.
BELARDO	¿De qué me he de alborotar?
	ya yo sé en qué he de parar.
MANFREDO	¿En qué?
BELARDO	En doscientos azotes.

Vase, y sale Isabela, Fulgencia, criada

FULGENCIA	¿Que al fin el napolitano
	más que todos te agradó?
ISABELA	Es Amor rayo inhumano.
	Todo un hombre al alma entró
	y me quedó el pecho sano.
FULGENCIA	Eso que me dices dudo:
	que por donde un hombre pudo
	caber no se ve la entrada.
ISABELA	Dejó la puerta cerrada
	y entró, como Amor, desnudo.
FULGENCIA	En buen día, buenas obras.
ISABELA	¡Oh, Amor, que en mil partes faltas
	y aquí, sin llamarte, sobras!
	Mas de estas sobras y faltas
	nombre de muchacho cobras.

¡Que sin que sepa de quién
tantos cuidados me den
unos ojos por quien muero!

FULGENCIA   Bastaba ser forastero
para que le quieras bien,
que para obligar a Amor
no sé qué hechizos se tienen.

ISABELA   Quiero disculpar mi error,
con que son culpas que vienen
sin tener culpa el honor,
porque lo que es accidente
¿no es la razón suficiente
para arrojarse de sí?

FULGENCIA   Si sientes tu culpa ansí,
señal es que el alma siente.
Mas ¿qué has de hacer si ya es ido
y el corazón te ha llevado?

ISABELA   Es fuego recién nacido,
y acabarase, engañado,
con la ceniza de olvido,
que mucho tiempo encubierto
se consumirá.

FULGENCIA   ¿Y es cierto
que lo acabarás con él?

ISABELA	Podrá la razón más que él,
	y un ausente fuego es muerto,
	que si presente estuviera,
	¿quién duda que con su vista
	aumento a las llamas diera?
	Presente, es fácil conquista;
	ausente, difícil fuera.
FULGENCIA	También podré yo decir
	que tengo de quien huir.
ISABELA	¿Cómo?
FULGENCIA	Tengo a quien querer.
ISABELA	¿Tú?
FULGENCIA	¿Soy piedra o soy mujer?
ISABELA	¿De veras?
FULGENCIA	Hasta morir.
ISABELA	¿De quién?
FULGENCIA	De aquel entonado.
ISABELA	¿Cuál?
FULGENCIA	Aquel del ceño hermoso
	que estaba del tuyo al lado.
ISABELA	El disfraz está gracioso;
	di, Fulgencia, su criado.

FULGENCIA   ¿Criado? Su amigo di.

Mas sea el que fuere, ya fui

desdichada en tu desdicha.

ISABELA   Yo lo he tenido por dicha,

para no perderme ansí.

Que vista desde el arena

menos mal suele causar

una fingida sirena

que dentro del fiero mar,

donde encanta, engaña y suena.

Si visto aquel caballero

me dio la muerte, ¿qué espero

de su lengua venenosa

sino música engañosa

de sirena en mar tan fiero?

Entra Felicio, padre de Isabela, y Camilo, viejo, y
Leandro, su hijo

FELICIO   Quiero que el jardín veáis,

que, aunque es el lugar pequeño,

podrá ser que conozcáis

la inclinación de su dueño.

30

CAMILO   Ya con razón la estimáis,

           aunque no sois hortelano,

           por pobreza; y esto en vano,

           Felicio, se os reprehendiera,

           cuando por pobreza fuera

           tener la azada en la mano.

           Léntulos, Fabios, Pisones,

           del campo y de la labranza

           fueron tan claros varones,

           que por la toga y la lanza

           dejaron los azadones.

           Del arado al consulado

           era cada cual llamado

           y a las graves dictaduras.

FELICIO   Libre estoy de esas venturas,

           no quiero ser disculpado.

           Por sola mi inclinación

           cultivo aqueste jardín.

LEANDRO   Y yo en este corazón

           de aquel bello serafín.

           La esperanza y la afición

           nace como el laurel, verde,

que en el invierno cruel

jamás la verdura pierde,

aunque ya la envidia de él

el tronco marchita y muerde.

FELICIO   ¡Qué embebecido ha quedado

Leandro, tu hijo!

CAMILO   ¿En quién?

FELICIO   ¿Eso es descuido o cuidado?

En la hortelana.

CAMILO   ¡Y qué bien

se ha divertido y turbado!

Ventura en vella ha tenido,

que a un mozo de aquella edad

no hay bien tan bien conocido.

FELICIO   Debeisme en esto amistad.

LEANDRO   (¡Fuego en el alma y sentido!

¡Fuego en mí, fuego en mis ojos,

en mi lengua, en mis enojos,

en cuanto soy fuego y luego,

y dichosas de tal fuego

las reliquias y despojos.

Que cuando las lleve el viento

nacerá fénix tan alta

de este primer pensamiento,

que ni en el fuego haya falta

ni pena en el sufrimiento.

¿Para esto vine aquí?

Pero ¿cuándo merecí

tanta gloria y tanto bien?)

FELICIO   Quiero que la habléis también.

CAMILO   Leandro, apártate allí.

FELICIO   Isabela, ¿en qué entendías?

ISABELA   Entre estas rosas y flores

me traen melancolías.

CAMILO   ¿No serán de mal de amores,

aunque iguales a tus días?

ISABELA   Diferente es mi cuidado.

FELICIO   Lléguese a conversación

Leandro y no esté apartado.

CAMILO   ¡Tanta merced y afición!

Mucho me habéis obligado.

Dejalde, bien está allí.

FELICIO   Llegue ¡por mi vida! aquí.

CAMILO   Leandro, llegaos acá.

FELICIO   ¡Qué vergonzoso que está!

LEANDRO	Bien estoy, señor, ansí.
CAMILO	Recibid esta merced
	y conoced esta dama.
LEANDRO	Vos a mí me conoced,
	que ya pasa vuestra fama
	por la más alta pared,
	que aunque estos cimientos duros
	de veros hacen seguros
	a los ojos más curiosos,
	vuestros hechos virtuosos
	pasan los más altos muros.
ISABELA	A la merced que me hacéis,
	pues tenéis tan discreción,
	vos mismo os responderéis,
	y de esa buena opinión
	lo que es vuestro tomaréis,
	que, aunque decirlo consiento,
	ya sé que el merecimiento
	no llega donde subís.
LEANDRO	Ni a lo menos que decís
	alcanza mi pensamiento.

Suele la Naturaleza

dar la fealdad por pensión

de una ingeniosa agudeza,

y a la poca discreción

una acabada belleza.

Pero en vos, tan liberal

repartió de su caudal,

que hizo a las demás agravio,

porque lo hermoso y lo sabio

están en balanza igual.

ISABELA   Cuando yo fuera otro Apeles

y a Narciso retratara

en mis tablas o papeles,

en vuestro ejemplo ocupara

los colores y pinceles.

Y cuando Virgilio fuera,

vuestro ingenio encareciera,

y, el de Eneas despreciando,

fuera un Capitán formando.

¿Qué valor mayor tuviera?

CAMILO   Menester es poner paz.

FELICIO   ¿Qué os parece de la dama?

CAMILO   ¿Qué os parece del rapaz?

FELICIO	Que ella es capaz de su fama
	y él de su opinión capaz.
CAMILO	No niega ser vuestra hechura.
FELICIO	No él, de vuestra compostura,
	un átomo degenera.)
CAMILO	Ahora bien, sálgase fuera,
	que esta es ya mucha ventura.
LEANDRO	Iré, señor. (Pero advierte
	aquí aparte.
CAMILO	¿Qué me quieres?
LEANDRO	Cuando aquesto se concierte,
	eres padre, y si no, eres
	áspid, arsénico y muerte.
CAMILO	Vete y déjame, loquillo.
LEANDRO	¡Señor!
CAMILO	No me maravillo
	que temas. Tu padre soy.
LEANDRO	¡Oh padre, mira que voy
	a la garganta el cuchillo!
	¡Padre y señor, padre mío,
	amado padre y mi bien,
	tú me engendraste, y confío
	que aquestas venas te den
	calor cuando estés más frío!
	¿Ireme?

CAMILO   Vete de aquí.

LEANDRO   Todo el cielo inspire en ti,

            y la estrella de mi amor

            te infunda aquel vivo ardor

            que pudo abrasarme a mí.)

Vase

FELICIO   ¿No te agrada el mancebo?

            ¿No tiene buena habla y talle?

            ¿No es aquel término nuevo?

ISABELA   Aunque era justo alaballe,

            por vergüenza no me atrevo.

            Él es tal como ha de ser,

            rama de tronco tan noble.

CAMILO   Merced me quieres hacer,

            mas cuando lo fuera al doble,

            no os puede a vos merecer,

            que a todas, sin ofenderlas,

            que antes es encarecerlas,

            hacéis la misma ventaja

            que el ciprés a la vid baja

            y a los nácares las perlas.

Y porque en duda no estéis
ha haber al rapaz traído
adonde visto le habéis,
sabed que concierto ha sido.

ISABELA   ¿Cómo?

CAMILO   Ahora lo sabréis,
y no hay para qué, señora,
hacer exordios ahora,
porque con ese arrebol
ya de la vergüenza el sol
se conoce en vuestra aurora.
Si le queréis por marido,
de vuestro padre y de mí
concierto, Isabela, ha sido.

FELICIO   Hoy, para tan justo "sí",
pudiendo mandarte, pido,
no solo pido, mas ruego,
porque el tuyo y mi sosiego,
hija, consiste en que des
este dulce "sí" a los tres,
y pues es justo, sea luego.

No rodeos virginales,

ni prólogos vergonzosos

te den respuestas iguales,

que son cansados y odiosos

y para ocasiones tales.

Leandro es mozo, y tu igual,

noble, rico, principal;

tal, que a ser orden, más justo

fuera yo a saber tu gusto,

y no me estuviera mal.

ISABELA   Señor, pues ansí me atajas,

que las ordinarias dudas

por necia vergüenza ultrajas,

y en las palabras desnudas

pones mayores ventajas,

tu hechura soy y nací

para servirte, y ansí

por no ofender mi remedio,

dejo la vergüenza en medio

y digo...

FELICIO   ¿Qué dices?

ISABELA   Sí.

FELICIO	Has hecho como discreta
	sin el retórico plazo
	de la voluntad secreta.
CAMILO	Y yo, en su lugar, te abrazo.
	No tengas vergüenza, aprieta,
	que no soy Leandro yo.

Sale Leandro

LEANDRO	Yo sé, que aquí me escondió
	el deseo de este "sí".
	Dile que me abrace a mí.
CAMILO	¿Cómo, si ha dicho de no?
LEANDRO	No dijo, que aquí escondido
	entre estas hierbas hojosas
	me he estado, y muy cierto ha ido
	el "sí" de su boca hermosa
	al alma por el oído.
	Dadme, señor, esa mano.
FELICIO	Basta, que quiso ahorrar
	de albricias.
ISABELA	No está tan llano
	que la mano os pueda dar.

40

LEANDRO	Pues si no de manos gano,
	con tomárosla concluyo.
FELICIO	Bien puede de lo que es suyo.
	Vamos a hacer el concierto.
LEANDRO	(Amor, tanto bien, ¿es cierto?
	¡Mucho debo al poder tuyo!)

Vase. Salen Manfredo y Belardo en hábito de moros, y
Celín, esclavo

CELÍN	Siendo, cual sabes, turco, ¿dudar puedes
	de mi industria, señor? ¿Tú no imaginas
	que eso tenemos de los griegos solo
	por vecindad, herencia y parentesco?
MANFREDO	Por ser cual sois, tan hábiles y prontos
	a los engaños, tengo confianza,
	Celín amigo, que entrará mi pecho
	en la segura casa de Felicio
	como el caballo de la diosa Palas,
	encubriendo sus penas y deseos,
	que son de esta conquista los soldados,
	y de quien es el Capitán un alma
	que va a ganar los muros de Isabela.

41

Tú tienes, como digo, cien escudos
por el Sinón famoso de esta hazaña,
con que pondrás en libertad tu cuerpo
y en el lugar de tu prisión mi alma.

CELÍN   Ya digo que servirte solo estimo,
porque esta obligación debo a lo noble,
y, aunque bárbaro, al fin, nací con ella.
Ya vide un tiempo en que me vi querido
y a mayores peligros obligado,
y tanta fuerza tiene esta memoria,
que a tu favor sin galardón me inclina;
Felicio, aunque es discreto, es hombre llano,
digo de entradas fáciles, hidalgas,
ajenas de malicia y de sospecha;
es de engañar muy fácil cosa un noble,
por mucho que le sobre entendimiento:
toda la casa su bondad imita;
solo aquel viejo, imagen de la muerte,
casa de la malicia y de la envidia,
aquel Calixto, aquel se opone a todo,
y entre la luna de tu buena suerte
y el sol de la hermosura de Isabela,
hace, como la tierra, un nuevo eclipse.

MANFREDO	Una vez puesto en el peligro y hábito
	que ahora ves, volver atrás sería
	villano efecto de temor cobarde;
	ese Calixto, que mi sol eclipsa,
	harele yo mi estrella, norte y polo,
	como se mira la estrellada imagen:
	Calixto en tierra y Elice en el cielo.
BELARDO	Si este fuera mujer fuera más fácil
	de hacerle el mismo engaño que hizo Júpiter
	como te transformaras en Diana.
MANFREDO	Del mismo autor le pienso yo hacer otro,
	en lluvia de oro convertido el pecho.
BELARDO	¡Oh gran metal, del sol hijo legítimo!
	¿Qué diamante no vences y quebrantas?
	¿Qué Lucrecia no rindes o que Porcia?
	¿Qué prudente Catón o qué Virgilio?
CELÍN	Estad atentos, que, si aquesta es fábula,
	ya, por lo menos, no le falta el lobo.

Sale Calixto

CALIXTO	¡Que no parezca ahora aqueste perro!
CELÍN	Conmigo trae la tema.

CALIXTO Dime, alarbe,

como animal nacido en la campaña,

desnudo al sol, como indio o negro etíope,

¿es bueno que ande yo todos los días,

como maestro de un furioso loco,

en lengua y mano el palo y el consejo?

Ando a buscarte y pierdo el seso a voces,

¿y estaste muy despacio en largas pláticas

a la puerta, como moros de tu tierra?

CELÍN Ya el cielo se conduele de tu lástima,

cuyos trabajos cansan las estrellas,

y ansí, quiere quitarte ese cuidado

con darme libertad por tu respeto.

CALIXTO ¿Cómo dar libertad?

CELÍN Ahora es justo

que creas cómo soy de padres nobles

y no, cual piensas, fronterizo alarbe,

que a rescatarme viene Azén, mi hermano.

CALIXTO ¿Quién es Azén?

MANFREDO Alaquivir.

CALIXTO No puedo

sufrir un moro más que una jeringa.

CELÍN	Aquí ha venido ahora, de la tierra,
	a traer el rescate y a llevarme,
	y mira si en el traje y la persona
	puedes conjeturar que es hombre ilustre.
MANFREDO	Alaquivir, señor cristiano, os guarde.
CALIXTO	Señor moro, seáis muy bien venido,
	que en verdad que si yo sabido hubiera
	que era Celín de gente tan honrada,
	que le hubiera tratado con respeto.
MANFREDO	Yo soy venido a rescatalle ahora
	de la Armenia mayor hasta Sicilia;
	tanto la sangre y el amor fraterno
	puede obligar el corazón de un hombre.
	No vengo de la parte que dividen
	el río Araje y el cristal de Éufrates,
	adonde está la gran ciudad de Tifis,
	ni del Setentrion dejé las partes,
	donde Basilisene está fundada
	y la ciudad de Arfil y Daranisa.
CALIXTO	Quedaldo al diablo; hablad en otra cosa,
	que no conozco nada de esa tierra.
	¿Qué Palermo me nombra o qué Sicilia,
	sino unos nombres que, de solo oíllos,
	pienso que estoy cautivo y muerto en ellos?

MANFREDO	Es para que entendáis lo que amor puede,
	pues de la Armenia más austral me parto,
	dejando lo que abraza el río Tigris
	en las fuentes que llaman Ancitene,
	adonde tienen fama estas ciudades:
	Torlgui, Calpuri, Legerda, Colchis, Tospia,
	Mazara, Anzeta, Soyta, Arsamosata.
CALIXTO	¡Ea, señor moro, basta, yo lo creo!
	Hablemos lo que importa a su negocio,
	que ya yo sé que son ciudades todas
	y dos dedos no estoy de hablar arábigo.
MANFREDO	Es lo demos de la Armenia grande
	lo que he nombrado, porque en el Oriente
	está Bragandavene con los Mardos.
CALIXTO	Qué, ¿bragas hay también en esa tierra?
CELÍN	Es provincia del Tigris la que dice,
	y allí pluguiera a Dios que yo estuviera.
	¡Oh, que hay de palmas y de hermosos dátiles...!
CALIXTO	¡Esteme yo en Sicilia en mi contento,
	comiendo macarrones con formacho,
	y bebiendo del vino moscatelo,
	y nunca Dios me deje ver el Tigris!

MANFREDO	¡Acuérdaste, Zeldámar, una tarde
	que en Paypurti cazábamos leones?
BELARDO	¡Y cómo si me acuerdo, que en un bayo
	corriste por el monte de Colinia,
	y atravesaste dos, de un bote solo,
	de una lanza de abeto herrada en Túnez!
CALIXTO	Señores, eso quiere más espacio;
	yo me aflijo de verlos en conciencia.
	Entren a hablar a mi señor, y luego,
	sobre cena, hablarán esos latines,
	que, hasta ahora, yo no entiendo pénitus.
MANFREDO	Padre, si sois amigo, por ventura,
	de las cosas curiosas de esta tierra,
	yo traigo dos acémilas cargadas,
	en que hay grandezas del Arabia Félix:
	dareos oro, en la menuda arena
	que crían por allá los claros ríos;
	dos ramos de coral, si tenéis nietos;
	del árbol Drago, una redoma grande
	de aquella roja sangre que destila,
	buena para los dientes y las muelas,

que los conserva, guarda y fortifica,

y una piedra bezar, de inmenso precio,

con otra que, poniéndola en los ojos,

vuelve los ojos a la luz primera,

quitándoles las nubes y limpiando

las cataratas de las tiernas túnicas.

CALIXTO   Ahora sí que habláis lenguaje claro.

Dadme esos brazos y a Felicio entremos,

que os quiero más que un hijo que he engendrado.

MANFREDO   ¿Teneisle aquí en Sicilia?

CALIXTO   ¡Bueno es eso!

Es bachiller ha un año por Bruselas.

MANFREDO   ¿Quereislo ver?

CALIXTO   ¿Pues no?

MANFREDO   Pues esta noche

yo haré que le veías en un espejo.

CALIXTO   (¡Oh, moro venturoso!)

MANFREDO   (¡Ah, perro viejo!)

Vanse. Sale Horacia, dama, y Tulio, criado, y Leandro

TULIO	Moviome, Horacia hermosa,
	tenerte amor, a descubrirte el caso,
	aunque es injusto caso;
	pero por todos los peligros paso
	respeto de tu gusto.
HORACIA	Haces, amigo Tulio, lo que es justo.
	En fin, ¿que se ha casado
	Leandro, mi enemigo, y que me deja?
TULIO	Quedando concertado,
	ya tienes su alma justa queja,
	pues cuando ella consiente,
	para delito es causa suficiente.
HORACIA	¡Voluntad consentida,
	ley es de amor que valga por efecto!
	Costarame la vida
	o estorbaré, con término secreto,
	el que tuvo su gusto
	tan fuera de razón.
TULIO	Y será justo.
	Que, con ser su criado,
	culpo sus obras, su maldad afeo,
	debiendo a tu cuidado,
	a tus regalos y a tu buen deseo
	esa mano enemiga
	que ahora en falso matrimonio liga.

HORACIA	Que no es tan fuerte el lazo
	mientras le falta a la coyunda el nudo;
	deja que llegue el plazo,
	hará el agravio lo que amor no pudo.
	Yo pondré impedimento
	a mi desprecio y a su loco intento;
	que no digo infamarme,
	no digo descubrirme a la justicia;
	pero si por vengarme
	de mi agraviado amor y su malicia,
	me fuera de importancia,
	pasara a Roma, a Nápoles y a Francia.
	Y es fácil esto solo,
	que hasta la China y Taprobana fuera
	y al más helado Polo,
	y a la desierta Arabia y Libia fiera,
	y puedes persuadirte
	que no me ha de espantar Scila ni Sirte.
TULIO	Ya sé que es animosa
	toda mujer, y más con el agravio.
HORACIA	Direte yo una cosa.
TULIO	Ponme, como Alejandro, el sello al labio,
	y di lo que quisieres.

50

HORACIA	Temo que mi locura vituperes.
TULIO	Ya sé que amor es loco.
HORACIA	Y como que lo estoy, querido amigo,
	porque, tenida en poco,
	no hay sierpe, no hay veneno ni enemigo
	como un amor pasado
	en pecho de mujer desesperado.
	¿Quién duda que la abraza?
	¿Quién duda que la besa y que la toca
	y, como vid, enlaza?
	¡Maldito gusto, fementida boca!
	¡Oh, linaje imperfecto!
	Linaje de maldad, hombre, en efecto.
TULIO	No infames de esa suerte
	todos los hombres.
HORACIA	Todos sois villanos;
	fuego ejecuta muerte.
	Ponme tú aquesta espada entre las manos,
	verás si en ellos hago,
	como un rayo del cielo, fiero estrago.
TULIO	Calla, que estás furiosa.
	Ya me pesa de habértelo contado.

HORACIA	Sí estoy, que estoy celosa.
TULIO	¡Quién hubiera tu pena imaginado,
	o a ti menos discreta!
HORACIA	¿No ves que trujo hierba la saeta?
TULIO	¿No ves que tu cordura
	debe considerar que es gente noble,
	donde tu compostura
	se ha de juzgar y conocer al doble,
	porque el impedimento
	tenga más sustancial el fundamento?
	¿No miras que es Felicio
	su padre de Isabela? Vuelve un poco
	a ver tu desatino,
	y, sosegando ese furor tan loco,
	harás, como discreta,
	tu causa justa y tu afición secreta.
	Y dime, te suplico,
	lo que denantes me pusiste en duda.
HORACIA	Al remedio que aplico
	he menester tu voluntaria ayuda.
	Ven, y sabrás el modo.

TULIO	Teniendo seso lo remedias todo.
	Haz ánimo famoso
	de fuerte siciliana y de matrona
	por este muerto esposo,
	y en el Petrarca te darán corona.
HORACIA	¡Ay! No quieran los cielos
	que taladre sospecha y mueran celos.

Vanse. Sale Isabela y Fulgencia

ISABELA	Admirada me has dejado
	que se rescata Celín.
FULGENCIA	Con tu padre en el jardín,
	hablando su hermano ha estado.
ISABELA	¿Su hermano viene con él?
FULGENCIA	Y aun de él afirmarte quiero
	que es tu mismo forastero,
	o vivo retrato de él.
ISABELA	¿Cómo, aquel napolitano
	que vi en la iglesia?
FULGENCIA	Ese propio,
	porque solo tiene impropio
	lo que es vestido africano.

53

ISABELA	Calla, que eres una loca.
FULGENCIA	Tú, señora, le verás,
	y a tus ojos culparás
	de lo que afrentas mi boca.
ISABELA	Y ¿cómo se llama?
FULGENCIA	Azén.
ISABELA	¿Viene solo?
FULGENCIA	¡Bueno es eso!
	Dirás que he perdido el seso.
	Viene su amigo también.
ISABELA	¿Quién? ¿El que con él estaba?
FULGENCIA	Ese en hábito de moro,
	con tocas de seda y oro,
	bonete y marlota brava.
ISABELA	Como la imaginación
	tienes en ello, Fulgencia,
	no quiere hacer diferencia
	en los que tanto lo son.
	No creas que ellos serán,
	que eso, ¿cómo puede ser?

Sale Calixto con Manfredo y Belardo

CALIXTO	Mi señora os ha de ver,
	que es hábito muy galán,
	y, en fin, por cosa notable,
	es bien que una dama os vea.
MANFREDO	Como quisiéredes sea,
	que es bien que la adore y hable,
	que a dama tan principal
	mayor humildad le debo.
CALIXTO	Gozar el presente nuevo,
	aunque a vos tan desigual,
	que os le envía mi señor
	desde Armenia presentado.
MANFREDO	Aquí, señora, humillado,
	conozco vuestro valor.
	Hermano soy de Celín,
	como tal soy vuestro esclavo.
ISABELA	El talle y respeto alabo.
	Son turcos nobles, en fin.
FULGENCIA	(¿Díjete yo la verdad?
	¿Son ellos o no?
ISABELA	¡Ay, Fulgencia!
FULGENCIA	¿Qué dices? ¿Hay diferencia?

ISABELA	Grande es la propia lealtad.
	Ya me dice el corazón
	que en este moro hay engaño.)
MANFREDO	Aunque en ley, señora, extraño,
	costumbre, traje y nación,
	conozco vuestra hermosura,
	y ¡por vida de mi rey!
	que a ser también de mi ley
	fuérades rara criatura,
	y aunque cristiana os adoro.
	Mas quien en el alma mora,
	¿cómo ha de negar que es mora?
FULGENCIA	(A fe que es cristiano el moro,
	que aquel cortar tan ladino
	no es de extranjera nación.
ISABELA	Calla, que esto es invención.)
BELARDO	Y yo me humillo, aunque indigno,
	a vuestra hermosa criada,
	de quien lo soy desde ahora.
FULGENCIA	¿Qué te parece, señora,
	de la invención?
ISABELA	Extremada.

MANFREDO	Como Celín me escribió
	que vuestro padre tenía
	por hija el sol de este día
	que en mi bien amaneció,
	no truje, hermosa señora,
	riquezas que vos tenéis,
	mas secretos que gocéis
	de donde nace el aurora,
	que traigo tales secreto
	de uno que procede en tres,
	cuales os dirán después
	sus peregrinos efectos;
	y otros cinco de tal modo,
	que, a no ser vos celestial,
	no os estuviera tan mal
	quereros servir de todo.
CALIXTO	No le digáis, por mi fe,
	de lo de Cafarnaú,
	sino hablalda tú por tú
	y ce por ce y be por be.
MANFREDO	Todo cuanto digo es A,
	que el amor así se escribe.
CALIXTO	¿Quién?

MANFREDO	El fuego que en mí vive.
ISABELA	¿Quién decís?
MANFREDO	Señora, A, A,
	que es el principio de quien
	todo procede, y de él luego
	Amor.
ISABELA	¿Cuál amor? ¿El ciego,
	o el que es más hombre de bien?
MANFREDO	El hijo del cielo digo,
	que del cuerpo adentro pasa,
	que sin torpe efecto abrasa,
	de inmortal sustancia amigo.
ISABELA	Pues donde Dios no se adora,
	¿lo que es ese hombre se entiende?
MANFREDO	Dios todo lo comprehende;
	ningún hombre a Dios ignora,
	y ansí este amor que os alabo
	aquí y allá puede ser.
CALIXTO	¿Qué tiene aqueso que ver
	con rescatar el esclavo?
	Voto hago que en mi vida
	vi tan filósofo moro.
	Todo es sol, todo es adoro
	y todo es agua vertida.
	¿Qué es eso que le traéis?

MANFREDO	Hierbas y aguas extremadas,
	con que veréis aumentadas
	las gracias que en ella veis.
	Mas ¿cómo ha de haber aumento
	donde no hay vacío lugar?
CALIXTO	¿Volvéis a filosofar?
BELARDO	Yo le llamaré al momento.
CELÍN	¿Hola? ¿Calixto? Señor
	os llama presto.
CALIXTO	¿A mí?
CELÍN	Sí.
CALIXTO	¿A mí?
CELÍN	A vos.
CALIXTO	Quédate aquí.–
	Ya vuelvo, moro hablador.

Vase

CELÍN	También me voy yo.
ISABELA	¡Ah, Celín!
	¿Solas nos dejas?

MANFREDO	Mi bien,
	no temáis al moro Azén,
	que por vos es moro, en fin.
	Yo soy Manfredo, señora,
	de Nápoles, que ayer vi
	vuestra hermosura.
ISABELA	¡Ay de mí!
MANFREDO	¿Que queréis matarme ahora?
	Ya es hecho. Sed más discreta,
	ya que no os vence mi amor,
	por lo que toca al honor.
BELARDO	Señor, no hay mujer perfecta.
	Mala confianza hiciste.
	Esta nos hará matar.
ISABELA	¿Que aquí te atreviste a entrar?
	¿Qué es lo que en mis ojos viste?
	¿Con qué vana astrología,
	por las rayas de mi frente,
	juzgaste tan locamente
	la liviandad fácil mía?
	¿Qué juvenil confianza,
	qué satisfacción de ti
	te dio de vencerme a mí
	tan arrogante esperanza?

¿Parecite muy liviana,
o tu hermoso en el espejo,
con quien tomaste consejo
tan necio aquella mañana?
Dos cosas a tu locura
forzaron mi voluntad:
o creer mi liviandad
o conocer tu hermosura.

MANFREDO   Yerras en entrambas cosas,
aunque dos cosas han sido
las que a verte me han traído,
verdaderas y forzosas.
La una fue tu hermosura
y la otra fue mi amor,
que igualara a tu valor
si fuera con más ventura.
Porque lo que es merecerte,
dejando lo celestial
por lo que es parte mortal,
lo merecí por quererte.
Amor me dio la invención,
Amor el atrevimiento,
tu hermosura el pensamiento,
su cabello la ocasión.

Con ella entré donde ves,
porque, aunque soy caballero,
ser, Isabela, extranjero
puso esta piedra a mis pies.
Si matar el cuerpo ahora,
como el alma, te parece
que tu victoria engrandece,
bien podrás. Llama, señora,
di quién soy, di que por ti
moro y Azén me torné,
que muriendo yo diré
algo que en tus ojos vi.

ISABELA   ¿No te dije yo, Fulgencia,
que era bien fuera del mar
esta sirena escuchar?

FULGENCIA   Ya estás en el mar, paciencia.
Y a fe que canta tan bien,
que, aunque te pierdas, es justo
escucharla y dalle gusto.

ISABELA   Y ser Ulises también.
Yo taparé mis oídos
a su música engañosa,
porque no hay más fácil cosa
de engañar que es los sentidos.

Lo que es el oír y el ver
Dios lo puede remediar,
y más si lo ha de juzgar
pensamiento de mujer.

FULGENCIA   Pues ¿qué harás?

ISABELA   Escucha un poco.)
¿Manfredo?

MANFREDO   ¿Señora?

ISABELA   Advierte
que eres digno de la muerte
y que te absuelves por loco.
Haz este necio rescate,
que es la invención que trujiste,
y de lo que pretendiste
eternamente se trate,
que, en fin, es hecho piadoso
dar a un hombre libertad.

MANFREDO   No se prueba esa verdad
con tu desdén riguroso,
que, habiéndomela quitado,
no me la vuelves.

ISABELA   ¿Yo a ti?

MANFREDO   Tú.

ISABELA	¿Cuándo?
MANFREDO	Ayer, que te vi,
	dulce homicida, en sagrado;
	de cuyo fiero homicidio,
	pues delante de Dios fue,
	mayor castigo te dé.
ISABELA	Ni tu fe ni traje envidio.
	A él saben tus razones,
	que el culpado con Dios fuiste
	si por su ofensa me viste.
MANFREDO	¡Oh, hipócrita en las razones
	y en las obras tan cruel,
	que apenas te diferencio
	de un Ezzelino o Majencio!
FULGENCIA	Señora, duélete de él.
	Mira qué triste se pone.
ISABELA	Necia, bien perdida estoy,
	pero si a dos la fe doy,
	¿qué ley habrá que me abone?
	Manfredo, dejando a un cabo
	lo que fue tu atrevimiento,
	tu talle, tu entendimiento
	y tu grande amor alabo.

Y a venir esta invención

en Pascua, fuera solene,

pero has de saber que viene

en semana de Pasión.

Que hoy, aunque he pensado en ti,

como verte no pensé,

el "sí", la palabra y fe

por mi padre a un hombre di.

Si aqueste casamiento,

o de aquí al plazo es posible

hallar medio convenible,

tú verás mi pensamiento,

pero creo que es en vano.

MANFREDO   Mi bien, si tu amor merezco,

al menor peligro ofrezco

el mayor remedio humano.

No me espantan a mí sombras,

que serás mía.

ISABELA   Detén,

que viene el peligro a quien

entre los que dices nombras.

De noche yo te hablaré.

Sale Calixto

CALIXTO
¡Que me llamaba decía!

¡Qué linda bellaquería!

Pues, perro, yo os cogeré,

y ¡por vida de los dos!

que os he de dar una tunda.

MANFREDO
Esa será la segunda.

ISABELA
¡Qué de cosas hizo Dios!

CALIXTO
¿De qué habláis?

MANFREDO
De los secretos.

CALIXTO
¿Y son tres?

MANFREDO
Hay la memoria

de alguna futura gloria,

que es causa de estos efectos,

y luego la voluntad

con el cuerdo entendimiento

que rige este pensamiento,

que ha de ganar la ciudad.

CALIXTO
¿Ya volvéis a astrologías?

Entrad, que os llama señor.

¡Qué moro tan hablador!

Yo no le he visto en mis días.

Jornada II

MANFREDO En alto lugar me ha puesto
una esperanza atrevida
y amor ha mi bien dispuesto,
mas para ser la caída
con más peligro y más presto.
¿Qué ha servido que tan bien
se conquistase el desdén
de esta fiera celestial
si amenaza tanto mal
principio de tanto bien?
Ya, blanda y tierna a mi ruego,
a mis ternezas se inclina
y se deshace a mi fuego;
mas presto se determina
para arrepentirse luego.
Porque este forzado "sí"
y el estar su esposo aquí
mi remedio dificulta
de suerte que de él resulta
perdella y perderme a mí.

¿Qué aguardan, pues, tantas penas

y tantas melancolías

de tantas razones llenas,

pues las glorias que hoy son mías

mañana han de ser ajenas?

Como Etíope, engañado

del vestido colorado,

de verde esperanza estoy,

mientras siguiéndola voy

a esclavitud condenado.

¿Qué importa, Isabela hermosa,

que me quieras y te quiera

si mañana ¡extraña cosa!

has de ser mi muerte fiera

siendo de Leandro esposa?

Seré yo del mismo estilo

que entre la cera el pabilo,

que ardiendo más dura menos,

pues entre bienes ajenos

más me acabo y aniquilo.

Sale Belardo

BELARDO	Si el dilatar la sentencia
	al preso puede servir
	de hacer mayor diligencia,
	albricias puedo pedir
	a tu perdida paciencia
	porque tu mal se dilata
	y el casamiento que trata
	con tanta prisa Felicio.
MANFREDO	¿Y por cuál favor divino
	tanto mal se desbarata?
BELARDO	Estando hoy junto en la iglesia
	lo más noble de Sicilia,
	tanto ilustre caballero
	y tanta dama de estima,
	y entre todas Isabela,
	con la diferencia misma
	que hace la estrella a un diamante
	y la oscura noche el día;
	con un vestido encarnado
	guarnecido de unas cifras
	que, por no entender las letras,
	yo culpo las pocas mías;

alto el rizado cabello,

que adornaba y guarnecía

un tocado a la española

de vidrios y argenterías,

con mil garzotas y airones,

a cuyo lado se *vían*

dos azules mariposas

mordiendo en dos clavellinas

y un Cupido con un arco

que con la flecha las tira,

y esto vilo porque un hora

no aparté de ella la vista.

No estaba menos galán

Leandro, a quien todos miran,

los ya casados con celos

y los mozos con envidia.

Calza morada y jubón

bordado de plata fina,

cuera de ámbar, botas blancas,

espada dorada y lisa,

gorra con plumas, y en ella,

en una medalla asidas

con una cinta de nácar,

las tres gracias o tres ninfas;

la capa aforrada en tela

y de fuera guarnecida,

con botones de diamantes

dividida la capilla.

Estando en la de la iglesia,

a la mitad de la misa,

cuando el preste toma el agua

y entre inocentes se limpia,

en la tribuna leyeron,

mirando todos arriba

cómo Isabela y Leandro

matrimonio contraían.

Y en este instante la gente

vi que los ojos volvía

a escuchar un alboroto

a la parte de la pila;

y oí que era cierta dama

que el casamiento impedía,

diciendo que de Leandro

tenía cédula y firma.

Sosegose por entonces,

y, al acabar de la misa,

vieras en voces arderse
la iglesia y la sacristía.
De lo que pude entender,
sé que es de Leandro amiga
y que su nombre es Horacia,
mujer de humilde familia.
Pero cuál es yo sé bien,
que basta para que impida
las glorias de tu contrario
y el curso de tus desdichas.

MANFREDO   Si debo darte los brazos,
bien lo dice la razón.

BELARDO   ¿Merezco bien tus abrazos?

MANFREDO   Digo, Belardo, que son
de mi amor nudos y lazos.
¡Oh, ventura incomparable;
gozo que, de inexplicable,
no cabe en la lengua mía,
aunque tan alta alegría
bien es que se diga y hable!
¿Horacia se llama?

BELARDO   Sí.

MANFREDO   Horacio, Belardo hermano,
la llamarás desde aquí,
que más fuerte que el Romano
hoy ha sido para mí.

Que si él detuvo a Porsena
en la puente de hombres llena,
esta, mucho más valiente,
detiene en un mar sin puente
todo un infierno de pena.
No es dilatar la sentencia
eso que dices, Belardo,
que es mayor la diferencia,
pues de aqueste pleito aguardo
ver coronar mi paciencia.
¿En qué entiende el desposado
y mi desposada bella?

BELARDO   Entrambos se han demudado;
ella por él y él por ella.

MANFREDO   ¿Y el padre?

BELARDO   Brama de airado.
De negro están ya vestidos.

MANFREDO   Yo vestiré mis sentidos
de alegría y de esperanza,
despertando a la bonanza
los peregrinos dormidos.
Que cuando el puerto se ve
no va perdida la nave,
por lejos que de él esté.
¿Ella está triste?

BELARDO	Está grave.
MANFREDO	¿Si se habrá holgado?
BELARDO	No sé.
	Mas ¿quién duda que se holgó,
	pues de su pecho sé yo
	quererte como a su vida,
	y que del "sí" arrepentida
	quisiera trocarle en "no"?
	Y porque esta verdad creas,
	te quiere esta noche hablar
	y que en el jardín la veas.
MANFREDO	¡Oh, quién supiera formar
	la cueva y nube de Eneas!
	Mas dime: ¿cómo será
	si casi a la puerta está
	aquella furia despierta,
	como perro de la huerta
	que del viento voces da?
	Que aunque ella lo facilita,
	que nos descubra recelo.
	Mas ¡ay, desdicha infinita!
	¿qué se aguarda de un cielo
	quien la del infierno imita?

BELARDO	Ya tengo hablado a Celín
	y trazada la invención
	para que no salga, en fin,
	aunque sintiese un ladrón
	abrir la puerta al jardín.
MANFREDO	¿De qué suerte?
BELARDO	Hele contado
	que andas tú muy desvelado
	para llevarle a tu tierra,
	y ansí, de noche se encierra
	y anda medroso y turbado;
	porque apenas anochece
	cuando a recogerse al nido
	medrosa perdiz parece.
MANFREDO	Ese mi remedio ha sido.
	Disimula, que él se ofrece.

Sale Calixto

CALIXTO	¿No es buena la confusión
	que este moro socarrón
	todas las noches me ha puesto,
	que como gallo me acuesto
	y pongo encima el colchón?

¿Basta que quiere llevarme

y hacerme moro a su tierra,

y de vestido mudarme,

y entre la canalla perra

por fuerza circuncidarme?

Y ¡por Dios! que es maravilla

que no levanto una silla

con temor de verme en tal,

ni a verter un orinal

oso abrir la ventanilla.

Esta noche he padecido

tan grande tristeza y murria,

que estoy fuera de sentido.

¿Pues decir de la estangurria?

¡Dios sabe lo que he sufrido!

Finalmente, yo me encierro

con temor de aqueste perro,

en dando el Ave María,

por no arrastrar en Turquía

como mona maza y hierro.

¡Ay! Hele aquí.

MANFREDO	Alaquivir.
CALIXTO	Mudad de salutación.
	Mantenga podéis decir.
MANFREDO	¿Cómo va?
CALIXTO	Como es razón:
	medrar poco y buen servir.
MANFREDO	¿*Sentistes* el alboroto
	de la iglesia?
CALIXTO	Yo hago voto
	que con esa ginovisca...
BELARDO	Teneos.
CALIXTO	Si el hombre se arrisca,
	que derriengo y acogoto.
MANFREDO	¿No es Isabela su esposa
	de Leandro a vuestro modo?
	¿Qué hay de nuevo?
CALIXTO	Esa es la cosa,
	que Horacia lo impide y todo.
BELARDO	¿Qué Horacia?
CALIXTO	Otra dama hermosa.
MANFREDO	Pues cásese con las dos.
CALIXTO	¡Qué gentil buleto vos!
	Ya dispensa el perrigalgo.

BELARDO	¿Importa algo?
CALIXTO	Y más que algo
	donde se conoce a Dios;
	allá, en vuestra tierra, es bien.
BELARDO	Pues ¿por qué infamarnos quieres?
CALIXTO	Porque usáis allá también
	que uno tenga más mujeres
	que cerdas un palafrén.
MANFREDO	¿Pues es de Leandro Horacia?
CALIXTO	Esa ha sido la desgracia,
	porque jura a tal por cual
	que le quebró el orinal
	en el golfo de Dalmacia.
	Y esto Zeldámar lo vio,
	que, aunque moro y turcomano,
	hoy a ver la misa entró,
	que de volverse cristiano
	a todos sospechas dio.
	Y creed que os entretiene
	mi señor porque imagina
	que haceros cristiano tiene.
MANFREDO	Esa inspiración divina
	muy justamente le viene.
	Mas, ¿cuándo, decidme, quiere
	dar a mi hermano Celín?

CALIXTO	De esta sospecha se infiere.
MANFREDO	¿No quiere dármele, en fin?
CALIXTO	Por veros cristiano muere.
	Mas decid, ¿qué piedra es esta

Saca una piedra

	para remediar la vista,
	que me distes por gran fiesta,
	que por más que en ella asista
	menos veo y más me cuesta?
MANFREDO	Si el mal no se cura y doma,
	no se atribuya al poder,
	que es con la fe que se toma.
CALIXTO	Reliquia debe de ser
	del zancarrón de Mahoma;
	basta que voy viendo menos.
BELARDO	De su virtud están llenos
	los libros, mas es razón
	que aguardéis la operación.
CALIXTO	Hacedla en ojos ajenos.
	¡Qué Evangelio de San Juan!
	¿Qué reliquia de San Diego!,
	sino un hueso que me dan,
	con que estoy del todo ciego,
	de algún moro ganapán.

Ahora bien, a la oración
tocan, y en oyendo el son
no me puedo detener.

BELARDO   Gallina debéis de ser.

CALIXTO   Cresta tengo, con perdón.

Vase

MANFREDO   Ello está todo seguro.
Este se ha entrado a acostar.
Ponerme a punto procuro,
que en el jardín he de entrar
por lo más bajo del muro.
Ven, Belardo, ven, hermano.

BELARDO   Poco a poco irás temprano.

MANFREDO   Amores sin resistencia...

BELARDO   ¡Qué Scévola tu paciencia
para quemarse la mano!

*Vanse. Salen Camilo y Felicio, Leandro y Tulio, criado,
y Horacia*

CAMILO	Pienso que os está bien este concierto.
	[...]
FELICIO	Aunque vuestro negocio fuera cierto
	y excusar la vergüenza en los estrados.
HORACIA	¿Paréceos galardón de mi honor muerto
	en dos años de amor tan mal gastados?
CAMILO	El no llegar con la vergüenza a prueba
	es todo el interés mayor que lleva.
	Tulio es un mozo noble veneciano,
	y os quiere por mujer.
TULIO	Y soy dichoso,
	aunque bajéis del todo al canto llano,
	de seros, bella Horacia, indigno esposo;
	que pues Leandro no os tocó una mano
	en el discurso de este amor forzoso,
	sino que prometió con vos casarse,
	bien puedo honrarme de quien pudo honrarse.
	Yo os quiero bien, que ha sido el mejor dote,
	y a vos no os está mal, porque no es justo
	que Sicilia con esto se alborote,
	si piensa que es honor lo que fue gusto.

HORACIA

Todas las leyes que en mi daño acote
han de servir para mayor disgusto,
porque quien pleito contra el rico tiene,
o a vil concierto o a perderle viene.
Leandro ingrato, ya tu amor y trato
de tu gran falsedad me han hecho cierta.
Tu firma es esta. Mira bien, ingrato,
si queda tu mentira descubierta.
Mas hoy que prendas de tu amor remato
como bienes de fe y lealtad. Que es muerto
por precio vil, la rasgo y doy al viento,
donde las esperanzas ir consiento.
Cásate con tu dama, y ruego al cielo
que antes de un mes estés arrepentido;
que no era yo la más soez del suelo,
pues de ti despreciada hallé marido,
con el cual me contento y me consuelo,
y de tu engaño y vista me despido,
que la mujer que ansí por fuerza casa,
o es loca, o necia, o por su amor se abrasa.

LEANDRO

Horacia, si a mis años juveniles
no se debe perdón, ¿cuál abrasada
Troya lamenta Policena a Aquiles,
si es, cuando mucho, una mujer burlada.

82

Ni las pasadas obras son tan viles

que no se llamen voluntad pasada.

Tú fuiste ensayo, y la verdad es esta.

No esperes de mi boca otra respuesta.

HORACIA   Si yo ciñera, como tú, la espada

y no me dieran por espada lengua,

diera a mi honor satisfacción honrada

cortando la que habló para mi mengua.

Mas guárdate de víbora pisada,

que llaman la mujer que se deslengua,

que yo... Pero no más, que, aunque soy loca,

tengo respeto a quien tenerle toca.

TULIO   Cuando en algo Leandro te afrentara,

aunque yo le serví, de que me afrento,

¡vive Dios que la vida le quitara!

LEANDRO   ¡Oh, villano de bajo nacimiento,

qué bien el pan me vuelves a la cara!

Pero...

CAMILO   ¡Detente!

LEANDRO   ¿Tanto atrevimiento?

¿Esto consentiré?

FELICIO   Llévale, Horacia,

que puede suceder una desgracia.

Yo iré a tu casa luego.

LEANDRO	Y yo a buscarte.
HORACIA	Desde hoy te quiero, Tulio, por valiente.
TULIO	Eres propia mujer y debo honrarte.
HORACIA	Y tú para marido suficiente.

Vanse

LEANDRO	¡No estuviera el villano en otra parte!
	Dejadme.
FELICIO	No ¡por Dios!
LEANDRO	¡Suelta!
FELICIO	¡Detente!
CAMILO	Mejor es que me des aquesa espada
	que te deje en el cuerpo atravesada.
	Que hecho fuera, a no venir Felicio,
	a hacer este concierto vil, infame.
	¿Tú eres mi hijo y de mi nombre digno?
FELICIO	Vos debéis de querer que loco os llame.
	¡Ahora viene bien un desatino!
CAMILO	¿Y no os parece justo que derrame
	la poca sangre que este tiene mía?
FELICIO	No, porque es de mi casa.

CAMILO	¿A sangre fría?
FELICIO	Haced ahora un padre terenciano.
	Fingid, por vida vuestra, mucha ira,
	que de su edad no *fuistis* tan liviano.
CAMILO	Mirad con la vergüenza que me mira.
FELICIO	Volviendo a lo que importa, está muy llano
	que, si esta del concierto se retira,
	nos ha de hacer gran daño, y así, quiero
	coger su firma y darle mi dinero,
	y que esta noche, en viéndola apartada,
	se haga el desposorio de Isabela,
	que yo me ofrezco a daros avisada
	la una y otra honrada parentela.
CAMILO	Agradézcaos a vos que aquesta airada
	mano de padre reporte.
FELICIO	No os duela,
	que es un oro el rapaz.
LEANDRO	Esclavo vuestro.
FELICIO	¡Qué humilde en todo!
CAMILO	¿Y en malicias diestro!

Vanse. Salen Isabela y Fulgencia

ISABELA   Estando mi padre fuera,

     ¿cómo le tengo de hablar?

FULGENCIA   En sintiéndole llamar,

     saldrás del jardín afuera,

     y antes estás más segura.

ISABELA   ¿Sabes, por dicha, a qué fue?

FULGENCIA   A procurar que lo esté,

     señora, tu desventura;

     con Leandro y con Camilo,

     van a sosegar a Horacia.

ISABELA   No tiene mi padre gracia

     en seguir tan necio estilo;

     ¿con un hombre ya casado

     quiere casarme?

FULGENCIA   Sospecho

     que piensa tener derecho

     y lleva el negocio errado;

     que la mujer está loca

     y no ha de alzar la querella

     si dan más oro por ella

     que a Creso entró por la boca.

ISABELA	¿Cómo, si el hombre la quiso,
	de esta manera la deja?
FULGENCIA	Cansose.
ISABELA	¿Y ella se queja?
FULGENCIA	De lo que sabes te aviso:
	¿no ves que en tu competencia
	creció el celo y el amor?
ISABELA	¿Qué es ese negro dolor?
	No me acobarda, en conciencia;
	luego ¿no la harán torcer
	de esa celosa opinión?
FULGENCIA	Tarde se alcanza perdón
	de querella de mujer.
ISABELA	A medida del deseo
	me viene el pleito en que están.
FULGENCIA	Mejor el moro galán,
	que ya en el jardín le veo.

Sale Manfredo y Belardo

ISABELA	¿Por tu vida?
FULGENCIA	Vesle aquí.
ISABELA	Calla, y la boca no abras.

BELARDO	(Aquí, el son de sus palabras
	el viento lleva.
MANFREDO	¿Aquí?
BELARDO	Sí.)
MANFREDO	¡Oh, dulce regalo mío
	y mi mujer, a pesar
	del mundo!
ISABELA	Aquí se ha de hablar
	más bajo, y con menos brío.
	¿Cómo tan presto veniste?
	Cierto que es tu atrevimiento
	mayor que tu pensamiento.
MANFREDO	Mentiste, por Dios, mentiste,
	que mi pensamiento es tal,
	porque eres tú, que en el mundo
	es al de Atlante segundo,
	y no reconoce igual.
	Todas las cosas del suelo
	vienen cortas para aquí,
	porque, cuando pienso en ti,
	pienso que sustento el cielo.

BELARDO   Y vos, señora Fulgencia,

¿cómo tan escasa estáis

con el alma que abrasáis

del bien de vuestra presencia?

¿No me cabe parte a mí

de este amor y atrevimiento?

FULGENCIA   Por mi vida que lo siento,

sino que he nacido así.

Soy zahareña de gusto

y seca de condición,

y traigo en el corazón

melancólico disgusto.

Dígame algo, por sus ojos,

que parezca enamorado,

si es que lo trae estudiado.

BELARDO   Direos mis penas y enojos,

direos que muero por vos.

FULGENCIA   ¿No me escribirá un papel

que haya corazón en él,

y "Ojos, decídselo vos"?

BELARDO   Y cómo si escribiré,

y con dos flechas pintado,

y escritas en cada lado

dos efes: firmeza y fe.

FULGENCIA   Calle ahora, que es bonito.

¿Y no me cantarán luego

"socorre con agua el fuego"?

BELARDO   Ya es muy viejo ese delito,

que os podré cantar, señora,

otra mejor villanesca.

FULGENCIA   No, no, sino picaresca,

de las que se usan ahora.

ISABELA   Son conciertos temerarios,

y el sacarme es el mayor.

MANFREDO   Como es flaco vuestro amor,

halla muertes los contrarios.

Yo os pondré en Nápoles libre,

o, por más seguridad,

os llevaré a la ciudad

que riega el sagrado Tibre.

Mirad que en tantos partidos

este es el más provechoso.

ISABELA	Manfredo, ya tengo esposo,
	no he de tener dos maridos,
	porque, a no estar concertado,
	fuera, sin duda, contigo.
MANFREDO	El nacimiento maldigo
	de un hombre tan desdichado.
	¿Qué planeta me miró
	de tan malévolo aspecto,
	y en qué ángulo tan recto
	para mi estrella ocurrió?
	Esta desdicha heredada,
	¿de qué pecado procede?
ISABELA	De lo poco que hacer puede
	una mujer que es honrada.
	¿No te contentas, Manfredo,
	que venga yo a hablarte aquí,
	aventurando por ti
	tanto honor y tanto miedo?
MANFREDO	¿Qué importa, señora mía,
	si de otro habéis de ser,
	darme tan breve placer
	y tan prestada alegría?

¿Qué importa, si por mi mal

os estáis enamorada

y mañana desposada,

para que yo esté mortal?

Eso es asirme a un hilo,

encima de una alta torre,

o, cuando el cuchillo corre,

poner mi garganta al filo.

Eso es tenerme a la orilla

cuando va creciendo el mar,

y en medio de él navegar,

sobre una estrecha tablilla.

Porque empezarme a querer

para olvidarme otro día,

¿qué importa, señora mía,

si de otro habéis de ser?

ISABELA   ¿Yo no te doy cuanto puedo

conforme al presente estado?

MANFREDO   Mucho, mi bien, me habéis dado,

pero sin todo me quedo.

Escriben de un animal

que nace y muere en un día,

y ese soy, señora mía,

que hoy vivo y estoy mortal.

En fin, ¿es resolución

el casarse y el dejarme?

ISABELA   ¿Cómo puedo aventurarme

con mujeril corazón?

MANFREDO   Si tú tuvieras el mío

en ese pecho, señora,

fuérades hombre, y no ahora

vil mujer en mármol frío;

digo vil, en flaca fuerza,

que, con el alma del hombre,

hicieron hazañas de hombre

mujeres que amor es fuerza.

¿Moriré, en fin?

ISABELA   ¿Qué he de hacer?

MANFREDO   Que viva.

ISABELA   Muere mi honor.

MANFREDO   ¿Mas le queréis?

ISABELA   Es mayor.

MANFREDO	Vencelde.
ISABELA	Falta el poder.
MANFREDO	¿En qué estáis?
ISABELA	En que me pierdo.
MANFREDO	Venid conmigo.
ISABELA	No puedo.
MANFREDO	¡Oh cruel!
ISABELA	¡Paso, Manfredo!
MANFREDO	¿Si estoy loco?
ISABELA	Que estés cuerdo.
MANFREDO	¿Qué perdéis vos?
ISABELA	Fama y nombre.
MANFREDO	Llevareos por fuerza.
ISABELA	¡Tente!
MANFREDO	¿Resistisme?
ISABELA	¡Ah, padre! ¡Ah, gente!
MANFREDO	¿Hay tal mujer?
ISABELA	¿Hay tal hombre?

Sale Celín

CELÍN   Manfredo, sal del huerto apriesa, escapa,

y de casa podrás, y aun de Sicilia,

que ya tus pensamientos ha llevado

toda la fuerza de un contrario viento,

y corrieron fortuna tus venturas

en el turbado mar de tu esperanza.

ISABELA　　　No puedo detenerme; adiós Manfredo.

Vanse los dos

FULGENCIA　　Belardo amigo, adiós.

BELARDO　　　Con este nombre

　　　　　　　parece que se hereda la desdicha.

MANFREDO　　Celín, ¿puede ser más mi desventura

　　　　　　　que haber venido el padre de Isabela

　　　　　　　y perder este rato de mi gloria?

CELÍN　　　　Más puede ser, pues viene con Camilo.

MANFREDO　　Pues ¿qué importa Camilo?

CELÍN　　　　Y con Leandro.

MANFREDO　　¿Hay más de que uno es suegro y otro esposo?

CELÍN　　　　Vienen ya concertados con Horacia,

　　　　　　　a quien han dado cuatro mil ducados.

MANFREDO　　¡Triste nueva, Celín!

CELÍN　　　　¡Pluguiera al cielo

　　　　　　　que aquí cesara el curso de tu desdicha!

MANFREDO	Pues ¿qué puede ser más?
CELÍN	Que con el miedo
	que no se vuelva del concierto Horacia,
	por los malos consejos de sus deudos;
	que la mujer es fácil de mudarse,
	ya traen licencia de casalla.
MANFREDO	¿Cuándo?
CELÍN	Esta noche.
MANFREDO	¿Esta noche?
CELÍN	Ahora luego.
MANFREDO	¿Ahora luego? ¿Cómo?
CELÍN	¿Qué más cierto
	que haber traído el clérigo consigo?
MANFREDO	¿El clérigo a estas horas?
BELARDO	Y es, sin duda,
	que ya toda la casa se alborota:
	las puertas abren, los criados salen;
	ya llaman los parientes, ya convidan,
	ya encienden hachas, ya se turban todos,
	y tú, Manfredo, estás adonde es justo
	que muestres el valor de aquese pecho.
	Ánimo ahora, vamos, huye, corre;
	deja el peligro y goce de Isabela
	para quien Isabela nació; vamos.

MANFREDO	¿Que vamos dices? ¿Cómo?
BELARDO	Pues ¿qué haremos?
MANFREDO	Muéveme tú los pies.
BELARDO	¿Ansí te hielas?
MANFREDO	Si el corazón es movimiento y vida,
	¿dónde, sin corazón, quieres que vaya?
	Cuanto más que es flaqueza y cobardía
	no esperar este golpe de fortuna
	y ver mi desventura en lo que para.
BELARDO	¿Ahora hacemos honra este peligro?
	¿Qué bandera en Mastrique, qué muralla,
	qué escala puesta, qué esguazar de río,
	qué rebellín, que campo reconoces?
	Vuelve la espalda a Amor; huye, Manfredo,
	que huir de Amor es honra y valentía
	y esperalle es flaqueza y cobardía.
MANFREDO	Estoy por declararme
	y por decir a voces
	la causa de mi nueva desventura,
	que no es posible menos
	de que al fin de mi vida,
	cual blanco cisne, canten mis obsequias.

¡Oh, casa aborrecible!

Adonde habrán tan presto

mil rótulo que digan:

"Leandro e Isabela",

y donde yo, como otro Orlando, quedo

furioso y sin sentido.

BELARDO   No des voces, señor.

MANFREDO   ¡Estoy perdido!

BELARDO   ¿Quieres que aquí nos sientan?

¿Quieres que aquí nos maten?

MANFREDO   ¿Y eso no fuera más alegre vida

que no la que me deja

aquella fiera que mi sangre bebe?

Mas ¿cómo estoy suspenso?

¿Tiempo es este de quejas,

ni de llorar injurias?

¡Fuera, Belardo, fuera!

¡Muera Medoro vil, muera Leandro,

de Angélica marido!

BELARDO	¡No des voces, señor!
MANFREDO	Estoy perdido.

MANFREDO

¡Oh, falsa y nueva Angélica,
que dejas por un bárbaro
un nuevo Orlando, un Capitán católico,
y por los verdes álamos
escribes nuevos rótulos,
para mayor afrenta, en letras góticas!
Mas ¿qué me tiene tímido,
pudiendo el triunfo espléndido
hacer comedia trágica
y ensangrentar el tálamo,
haciéndoos a los dos humildes víctimas
de este brazo atrevido?

BELARDO

¡No des voces, señor!

MANFREDO

¡Estoy perdido!

BELARDO

¡Vente, por Dios, ahora
donde esa furia amanse
de su celosa rabia la corriente!

MANFREDO

Ireme, pero entienda
toda esta casa injusta
que soy Manfredo, natural de Nápoles;
Manfredo soy, Manfredo,
hijo soy de Fabricio;
pobre soy, pero noble.
¡Perdí, perdí a Isabela!

CELÍN	Yo no aguardo aquí más. Huye, Belardo.
BELARDO	¡Vete, por Dios, te pido!
MANFREDO	¡Ireme declarado y ofendido!
BELARDO	¿Hay locura como esta?
MANFREDO	¿Qué sirve aquesta marlota?

Entran Leandro, Camilo y Felicio

FELICIO	¿Quién es el que así alborota
	nuestro regocijo y fiesta?
LEANDRO	Los moros deben de ser.
BELARDO	Aquí es mi compañero,
	que ha cargado delantero,
	no acostumbrado a beber.
CAMILO	¿Habrale dañado el vino?
BELARDO	En verdad que, con ser poco,
	le ha vuelto furioso y loco.
MANFREDO	Que has acertado imagino,
	porque el vino y el amor
	siempre dañan igualmente.
	No es del vino este accidente,
	que es amoroso furor.

Manfredo soy, no soy moro,

que he fingido esta cautela

para gozar de Isabela,

a quien locamente adoro.

Pero, pues la habéis casado,

tú, Leandro, que venciste,

toma ese despojo triste

de la guerra que has ganado;

que a Nápoles volveré,

donde una jerga me cubra,

y a quien me deje descubra

los quilates de mi fe.

Vase

BELARDO No le creáis, que está loco,

y el vino le ha hecho hablar.–

¡Camina, loco de atar!

Vase

LEANDRO No, sino esperad un poco.

CAMILO Déjalos ir.

LEANDRO   Mejor fuera
                 matar aqueste villano.

FELICIO   Creed que esta flaca mano
                 tomar venganza supiera
                 si no mirara al honor
                 y alborotar la ciudad.

LEANDRO   ¡Qué sufráis la libertad
                 de un extranjero traidor!
                 ¡Que tuviese atrevimiento
                 para entrar con trato doble
                 en casa de un hombre noble,
                 a pretender casamiento!

CAMILO   Hijo, por lo que es el punto
                 del honor, se ha de sufrir,
                 que no es bien dar qué decir
                 al vulgo esta noche junto.
                 Ya comienza a venir gente.
                 Disimula.

FELICIO   ¡Vive Dios,
                 que los matara a los dos!
                 Pero sé que está inocente,
                 y que, como os engañó,
                 también la ha engañado a ella.

LEANDRO	No hay que poner duda en ella,
	que de eso estoy cierto yo.
	¡Este perro de Celín
	ha de morir!

Sale Calixto

CALIXTO	Al ruido,
	con licencia, me he vestido.
FELICIO	Hoy caso a Isabela, en fin.
CALIXTO	¿Esta noche?
FELICIO	Esta, Calixto.
CALIXTO	¡Vive el señor, que ha de haber
	zarabanda hasta caer,
	que después, todo es un pisto!
CAMILO	Disimúlese, que viene
	vecindad y parentela.
	Vístase luego Isabela
	y la colación se ordene.
FELICIO	Tomad, Calixto, esta llave
	y abrid la cantina luego.
CALIXTO	Sacarelo como un fuego.

FELICIO	¿De cuál?
CALIXTO	De un lindo jarabe;
	yo sé bien la candiota.
FELICIO	Toda se gaste y apoque.
CALIXTO	Como yo llegue al vitoque,
	no puede quedarle gota.
	Yo me pondré de mañana
	del tinto que me cupiere,
	que parezca a quien me viere
	sanguijuela en almorrana.

Vanse, y salen Manfredo y Belardo

BELARDO	¿Parécente muy bien estas locuras?
MANFREDO	En tantas desventuras,
	¿qué me quieres Belardo?
	Ya me cansa el vivir, la muerte aguardo.
BELARDO	Creo que un hombre has muerto, y si eso es cierto,
	mal podrás escaparte de ser muerto.
	¿Era valor, por dicha, o loca furia,
	dar a quien no te injuria
	mil locas cuchilladas,
	y a muchos pobres hombres, sin espadas,
	que a media noche a recogerse iban?

MANFREDO	Tanto mis celos de razón me privan.
	Un poco he descansado haciendo el loco,
	y no ha sido tan poco
	como vengué mi rabia,
	aunque no pudo ser en quien me agravia,
	que no respire y vive y cobre aliento.
BELARDO	Bien pudiera ser loco, y no sangriento.
	¡Ahora, a media noche, estamos buenos!
	Venga justicia, y denos
	el seso que nos falta.
MANFREDO	Ya el mal de la ceniza al fuego salta;
	¿por esto ha de ser ya más negro el cuervo?
	¿De qué negra fortuna me reservo?
BELARDO	¡Necio es el que, pudiendo, no se salva!
	Apenas ría el alba,
	si luego se efectúa,
	cuando en una prestísima falúa
	a Nápoles partamos o a Mallorca,
	que temo la prisión, cuchillo y horca.
	Y ahora, en esta iglesia, cuya puerta
	parece que está abierta,
	puedes estar seguro,
	que es gran defensa de la iglesia el muro,
	y a mucha gente de peligro escapa
	esta tierra santísima del Papa.

MANFREDO	¿Cómo valdrá su inmunidad a un loco?
BELARDO	No se entiende tampoco
	que lo has de ser en ella,
	sino, con humildad, valerte de ella,
	que todos tienen esta salvaguarda.
MANFREDO	Ya todo me persigue y acobarda.
	¡Oh, templo santo, en vos vi yo a Isabela,
	y, en ofensa, mirela
	del respeto debido
	al sagrario de Dios! ¡Perdón os pido,
	que, aunque os tengo ofendido,
	en vos me amparo!
BELARDO	Que recibe al humilde está muy claro.

Vanse y salen Camilo y Felicio

CAMILO	Ya estoy del todo contento,
	que el desposorio se hizo.
FELICIO	Hoy el cielo satisfizo
	mi deseo y pensamiento.
CAMILO	¡Qué bien parecen sentados!
	Él tan gentil hombre y ella
	por tan grande extremo bella.

FELICIO	Cuando los miro abrazados
	me parecen, en el suelo,
	un olmo y parra gentil,
	o, en el mes después de abril,
	a los dos niños del cielo.
	Mañana pienso buscar
	aquel morisco fingido.
CAMILO	¿Qué habéis de hacer a un perdido?
FELICIO	Solo echarle del lugar,
	que no quiero que esté aquí,
	donde Leandro le vea.
CAMILO	Como cuerdamente sea,
	eso me parece a mí.

Sale Fulgencia

FULGENCIA	¡Socorred, señores míos,
	que está Isabela expirando!
FELICIO	¿Qué oigo?
CAMILO	¿Qué estás hablando,
	loca mujer, desvaríos?
FULGENCIA	Hale dado un gran desmayo,
	de que dicen que está muerta.

FELICIO	¡Ay, fuera la tuya cierta!
	¿Y con el fuego de un rayo,
	de un desmayo ha de morir?
	Vaya Calixto al doctor.
CAMILO	Todo es vergüenza y temor;
	en la cama ha de salir,
	que es la lejía y colada
	de esos melindres.

Sale Calixto

CALIXTO	¡No he visto
	tan gran desmayo!
FELICIO	¡Oh, Calixto!
CALIXTO	¡Mi señora desmayada!
FELICIO	¿Es más?
CALIXTO	¿No ha dicho otra cosa
	esta chismosa doncella?
CAMILO	¿Que es muerta?
CALIXTO	¿Muerta? Como ella.
	¡Como un ángel está hermosa!
FELICIO	Llamadme luego un doctor.

CALIXTO	¿Para qué? Yo he de curalla.
FELICIO	¿Vos?
CALIXTO	Con solamente hablalla.
FELICIO	¿Dónde?
CALIXTO	Al oído, señor.
FELICIO	Pues ¿sabéis algún ensalmo?
CALIXTO	¿Y cómo? Dadme lugar,
	y vereisla despertar,
	con cierta oración y salmo.
FELICIO	¿Quién os la dio?
CALIXTO	Aqueste moro,
	pero yo no la aprendí,
	que está en griego.
FELICIO	¡Anda de ahí!
CALIXTO	Pues qué, ¿sabello de coro?
FELICIO	¡Id, majadero, a llamar
	al doctor!
CALIXTO	¡Voy!
FELICIO	¡Ea, pues!
CAMILO	Entremos a ver lo que es.
FELICIO	¡Cuánto bien, tanto pesar!

Vanse y queda Fulgencia

FULGENCIA　En la confusión que estoy,

no sé a qué me determine

ni a cuál opinión me incline

de mil en que vengo y voy.

Pienso si se ha desmayado,

y esto puede más en mí,

por haber dado este "sí"

en casamiento forzado.

Aunque ello, si fue a disgusto,

bien pudiera no otorgallo,

mas, pues que gustó de dallo,

presumo que fue a su gusto.

También pienso si Manfredo

algún hechizo la dio

cuando el propósito vio

de su honor y de su miedo.

Si él la mato, no me toca

decillo, ni en ello hablar,

que no es justo aventurar

la cabeza por la boca.

Sea lo que fuere, yo soy

viva, si Dios es servido;

si es muerta, llanto fingido;

si es viva, su amiga soy.

Salen Calixto y Diodoro, médico

DIODORO   Cierto que estaba acostado

y casi vengo desnudo.

CALIXTO   Señor Diodoro, no dudo

que os será gratificado.

¡Entrad, por Dios, que de vos

no hay quien remedio no espere!

DIODORO   Yo haré lo que supiere

con la ayuda de Dios.

Éntranse los dos

FULGENCIA   Sin duda que el mal se aumenta,

pues ya el médico se llama.

¡Plegue al cielo que la fama

o que mi sospecha mienta!

¡Oh, pobre señora mía!

Sale Celín

CELÍN   ¿Fulgencia amiga?

FULGENCIA	¿Quién es?
CELÍN	Yo soy.
FULGENCIA	¿Quién?
CELÍN	¿Ya no me ves?
FULGENCIA	¿Celín?
CELÍN	Hablarte quería.
FULGENCIA	¿Qué quieres, perro ladrón,
	que has metido en esta casa
	este fuego que la abrasa
	con tu morisca invención?
	¿Qué aguardas? ¿Por qué no huyes?
CELÍN	Yo, ¿por qué?
FULGENCIA	¿No tienes miedo
	de haber metido a Manfredo?
CELÍN	¿A mí tu culpa atribuyes?
	Diréraslo tú a señor.
FULGENCIA	¡Bien dices! Culpa he tenido,
	y al castigo merecido
	tengo forzoso temor.
	¿Quiéresme sacar de aquí?
CELÍN	¡Sí, por Dios, si ánimo tienes!

FULGENCIA	¿Por ánimo te detienes?
	¡Mal me conoces tú a mí!
	Llévame a un monte, a la mar,
	a la India o donde quieras.
CELÍN	¿Tan grande castigo esperas?
	¡Sígueme, pues hay lugar!

Vanse, y salen Camilo, Felicio y Diodoro, médico

DIODORO	Debe de ser apoplejía o letargo,
	que es mal que tiene fuerza en las mujeres
	y ansí pensaban, como dice Hipócrates,
	del morbo comicial en aquel tiempo
	que los dioses hacían este efecto,
	arrebatando en éxtasis el ánimo
	o comprimido de los malos genios.
FELICIO	Pues ¿dónde tiene el mal?
DIODORO	En el cerebro,
	porque, los que se pegan a él, o nacen
	en la más alta parte de los cuerpos,
	no solamente traen dolor, pero arrebatan
	la mente, el movimiento y el sentido.

113

Por este mal que dije los antiguos
tablas votivas ofrecían al templo,
pidiendo la salid a sus milagros.
Por la constitución del cuerpo y hábito,
por la amplitud y estrecho de los órganos,
o redundancia del humor viscoso,
reciben estad varias mutaciones:
unos ladran cual perros, otros silban,
otros dan con los dientes, gritan otros,
otros dan voces dentro de los pechos
y otros, como Isabela, quedan mudos.

CAMILO   Pues ¿cuál es la razón?

DIODORO   Estar muy lleno
de humores densos el cerebro todo,
o *clusis atque respirandi sistulis*,
quiere decir: cerrados los caminos
de la respiración, y esta es la causa
que no anden los espíritus recíprocos,
y estos son los que tienen más tormento,
y este es mayor cuando la luna crece
o está en el corazón o en el cerebro.

Sale Leandro

114

LEANDRO	¡Oh, padre amado mío!
	¿Qué tardanza es aquesta de remedio?
	Ya casi el cuerpo frío
	tiene mi vida y tu esperanza en medio.
	¡Mira que casi es muerta
	y que mi muerte, con la suya, es cierta!
	Porque, de todo punto,
	las bellas rosas se han trocado en nieve,
	y un pálido y difunto
	color, la del clavel del labio embebe.
	¡Ya ni siente, ni mira,
	ni tiene movimiento, ni respira!
DIODORO	Que no hay pensar que es muerta;
	mas al remedio vamos, que yo tengo
	medicina más cierta,
	y en un momento de mi casa vengo,
	que es de cierto animal una sortija.

Vase

LEANDRO	¡Ay, mi esposa y mi bien!
FELICIO	¡Ay, dulce hija!

CAMILO	Mientras viene, imagino
	algunos polvos de unicornio darle
	en un trago de vino.
LEANDRO	Id, buen padre, por Dios, que confortalle
	el estómago creo que es buen remedio
	mientras que viene el médico y remedio.
FELICIO	Yo voy también, si acaso
	a mi voz se volviese.
LEANDRO	Importa mucho,
	padre, alargad el paso.
	Todo me agrada cuanto veo y escucho,
	y en nada hallo remedio verdadero;
	pero, si muere, moriré primero.
	¡Dulce señora mía!
	¿Tan presto antes del gozo deseado,
	antes que pase un día,
	pájaro solitario me has dejado
	y tórtola viuda?
	Pero ¿cómo en mi muerte pongo duda?
	Que, como Filomena,
	iré de rama en rama suspirando,
	dulcísima Isabela,

tu nombre por el aire dilatando

con mis amargas quejas,

que al fin he de quejarme, pues me dejas.

¡Oh, paredes amadas!

¡Oh, tapices queridos, suelo, techo,

alfombras, almohadas,

donde tocó sus pies, su espalda o pecho!

Aquí la vi dichoso

y aquí me visteis su querido esposo.

Ya no habla ni mueve

aquel divino labio de su boca;

ya se convierte en nieve,

y se ha de convertir en tierra poca

los pies, la espalda, el pecho,

pared, tapiz, alfombra, suelo y techo.

¿Lloraré? ¿Daré voces?

Tendralo por flaqueza y valor poco.

Mas ¡oh, pechos feroces!,

¿será mayor valor volverme loco?

Pues loco soy, ¡afuera!;

mas no será razón antes que muera.

Sale Felicio

FELICIO	¿Leandro?
LEANDRO	¿Señor mío?
	Padre del alma mía, padre amado,
	¿volvió mi cuerpo frío?
FELICIO	Ya todos los remedios se han probado,
	hasta dalle un garrote,
	pero debe ser del cielo azote.
	Sola la medicina
	de un Pedro ha de bastar o de un Elías;
	que, si no es la divina,
	no bastan nuestras fuerzas y porfías.
	Ven si abrazalla quieres.
LEANDRO	¡Oh, claro sol, ejemplo de mujeres!
	¡Que te eclipsa la muerte!
	¡Que escurece tus ojos soberanos!
	Mas quiero entrar a verte
	y poner en tu cuerpo boca y manos,
	cual leona parida,
	que quizá con mi vos te daré vida.

Jornada III

Sale Manfredo y Belardo

MANFREDO	Es imposible alegrarme,

Belardo, muerto mi bien,

antes pretendo también

vivo con él enterrarme,

que pues a este mismo templo

le han traído donde estoy,

en su sepultura doy,

como otra Evadnes, ejemplo.

BELARDO	¡Ah, señor! Que hubiera sido

mejor aquesta mañana

de la mar furiosa y cana

la blanca espuma rompido,

y no en la iglesia aguardar

a ver el entierro triste,

donde tan cerca estuviste

de enloquecer o expirar.

Y también ha sido yerro

el querer aquí dormir,

pues nos pudiéramos ir

entre el vulgo del entierro.

¿Qué noche piensas tener

donde está muerta Isabela?

MANFREDO   Estaré, Belardo, en vela,

que quiero obsequias hacer.

Que antes ha sido ventura

para mí verla enterrar

adonde pueda llorar

su trágica sepultura;

y aun morir será razón,

pues el dolor me consume.

BELARDO   Basta, que imitar presume

los Amantes de Aragón.

Vuelve en ti, que no es tu esposa,

sino de Leandro.

MANFREDO   ¡Oh, cielo,

que su crueldad es consuelo

de esta alma hasta aquí celosa!

Pero haberse muerto ansí

me hace, Belardo, entender

que por mí debió de ser;

no dudes, murió por mí.

Y si sabes cómo fue

y viste su entierro, dime,

para que a vivir me anime,

lo que entre tanto lloré;

porque estando del tormento

desmayado, no lo vi.

BELARDO	Lo que he visto pasó ansí:
MANFREDO	Di ¡por Dios!
BELARDO	Estame atento:

Estando en las bodas tristes

y desdichado himeneo,

donde con lloroso rostro

asistió la hermosa Venus,

la desdichada Isabela

de improviso mide el suelo,

con un espantoso grito,

con un desmayo violento.

No de otra suerte que cae
sobre los montes, gimiendo
de la segur del villano,
seca encina o verde fresno.
Alborótase la boda
y, con justo sentimiento
llamando médicos graves
procuran graves remedios.
Vienen, señor, los más doctos,
estudiando y revolviendo
de Hipócrates aforismos
y sentencias de Galeno.
Procuran con hierbas y aguas
abrir camino al cerebro,
mas ¿qué aprovechan, sin alma,
antídotos y venenos?
Que ya la muerte cruel,
aposentada en su pecho,
cerró sus ojos al mundo
y sus estrellas al cielo.
Llora el desdichado padre,
llora el afligido suegro,
lloran esclavos y esclavas,

alternando tristes versos.

Y allí su esposo, cuitado,

convertido en otro Orfeo,

para seguir su Aretusa

en agua convierte el fuego.

Llega el alba y sale el sol,

no coronando los cielos

de arreboles carmesíes,

sino entre nublados densos.

Y ya después que igualmente

estaba del cielo en medio,

sale acrecentando el llanto

aquel doloroso entierro.

Hachas, clérigos y luces,

parroquias y monasterios,

cantando salen delante

en tono grave y suspenso.

En hombros de los más nobles

viene en una caja el cuerpo,

con un paño de brocado

hasta la tierra cubierto.

Detrás de él viene su esposo,

padres, amigos y deudos,

con lobas de negro luto

arrastrando por el suelo.

Luego el alterado vulgo,

ya puesto en triste silencio,

aunque a partes dividido,

contando el triste suceso.

Entra la fúnebre pompa

al triste enlutado templo,

lleno de mil versos y armas

fijadas en paños negros.

En diez gradas y una tumba,

cubierta de terciopelo,

ponen el cuerpo, y el coro

hace su oficio funesto.

Acabadas las lecciones,

con sentimiento más tierno

bajan el cuerpo diez nobles

y fue en su bóveda puesto,

donde comerá la tierra

aquel divino sujeto,

de discreción y hermosura,

raro y celebrado extremo.

MANFREDO   Con lágrimas te he escuchado,

y, sin duda, aquí muriera

si últimamente no fuera

de tu razón consolado.

Dime: ¿que en bóveda está,

que no en triste sepultura,

aquella rara hermosura

que es tierra y ceniza ya?

Dime: ¿que ya aquella rosa

no se trasplanta a su tierra?

BELARDO   En un bualillo se encierra,

donde no hay puerta ni losa;

que hasta la mañana creo

que no la quieren poner.

MANFREDO   Pues hoy cumplido ha de ser

mi grande y justo deseo.

Túvelo en vida, Belardo,

de dalle un honesto beso,

y pues entonces fue exceso,

ahora muerta ¿qué aguardo?

¿No es donde está aquella tierra

ahora recién movida?

BELARDO	Allí está.
MANFREDO	¡Oh, tierra querida
	que tan alta prenda encierra!
BELARDO	¿Muerta la quieres besar?
	¿No tendrás miedo, Manfredo?
MANFREDO	Aguarda y verás el miedo.

Vase

BELARDO	Ve por detrás del altar.
	Mató a Isabela un pronto paroxismo,
	estando como el sol al mediodía,
	porque nuestra mortal vana alegría
	es nuestra ignorancia barbarismo.
	Manfredo, convertido en otro abismo,
	busca su alma en la ceniza fría,
	que a tal locura y vanidad le guía
	Amor, que vive en el sepulcro mismo.
	¡Oh Amor! ¿No te contentas que en la guerra
	y entre los libros, para ejemplo abiertos,
	tu fuego ardiente su veneno encierra,
	que entres a ver sin alma cuerpos yertos,
	que abraces sombra, viento, polvo y tierra
	entre las sepulturas de los muertos?

126

Sale Manfredo con Isabela en brazos, como muerta

MANFREDO   Ayúdame aquí, Belardo,

que aún tiene el cuerpo calor.

BELARDO   Solo en velle me acobardo;

no me lo mandes, señor.

MANFREDO   Llega, fanfarrón gallardo,

llega, que no es muerta, no;

y si es verdad que murió

leona parida ha sido

que a puro llanto y gemido

le he formado otra alma yo.

BELARDO   Di ¡por tu vida! herejías

y que este milagro has hecho.

MANFREDO   ¡Ay, hermosas manos mías

y divino rostro y pecho,

vivas ya, pues no estáis frías!

¡Ah, Isabela! ¡Ah, mi señora!

¿Sabéis quién os llama ahora,

Isabela?

ISABELA	¿Quién me llama?
BELARDO	¿Habló? ¡Jesús!
MANFREDO	Quien os ama,
	quien os estima y adora.
	En los brazos de Manfredo
	estáis ahora.
ISABELA	¡Ay de mí!
MANFREDO	Viva está, y lo que hacer puedo
	es llevármela de aquí.
BELARDO	Suéltala. ¿No tienes miedo?
	Mira que no sea castigo
	de Dios.
MANFREDO	Cobarde enemigo,
	¿por qué?
BELARDO	Porque aquí le ofendes,
	y lo que Isabela entiendes
	que es algún demonio, digo.
MANFREDO	Pero, ¿en un ángel podría
	entrar un demonio?
BELARDO	Y ¿cómo?
MANFREDO	Llega aquí.
BELARDO	¡Loca porfía!
MANFREDO	Toma este brazo.
BELARDO	Ya tomo.

MANFREDO	¿Viose tan vil cobardía?
ISABELA	¡Ay, Jesús!
MANFREDO	¿Ves que ha nombrado
	a Jesús? Di, afeminado,
	¿demonio puede tener?
BELARDO	Sí, señor, que puede ser
	algún diablo bautizado.
MANFREDO	Ten de aquí.
BELARDO	¿Dónde la llevas?
MANFREDO	A una barca y luego al mar.
BELARDO	¡Que a tal locura te atrevas!
MANFREDO	Ayúdamela a llevar.
BELARDO	Hoy mil ejemplos apruebas.
	Cuanto se dice de amor
	digo que es verdad.
MANFREDO	Traidor,
	ten de aquí y vamos al mar.
BELARDO	¿Dónde la quieres llevar?
MANFREDO	A Nápoles.
BELARDO	¡Ciego error!
	¿No ves que a ninguna iguala,
	llevando ajena mujer,
	hazaña tan fea y mala?

MANFREDO	¿No la apartaron ayer
	el azadón y la pala?
	Anda, necio, que ya puedo
	casar con ella.
BELARDO	¡Qué enredo
	y qué obstinada porfía!
MANFREDO	Habladme, señora mía.
ISABELA	¿Quién eres?
MANFREDO	¿Quién soy? Manfredo.

Vanse. Salen Horacia y Tulio, su marido

TULIO	¿En tanto extremos recibes
	contento de este suceso?
HORACIA	Si el contento quita el seso,
	no es mucho que de él me prives.
	Que ha sido la nueva tal
	de la muerte de Isabela,
	cuanto ya el alma recela
	hallar venganza en su mal,
	porque si no es de esa suerte
	no me quedaba esperanza.

TULIO	En vida es justa venganza,
	pero sin honra en la muerte;
	y ese vengativo ardor
	me ha dado justos recelos
	que te ha nacido de celos,
	y aquesos celos de amor.
	Amor tienes todavía,
	que nunca ve bien el ciego,
	ni está sin reliquia el fuego
	entre la ceniza fría.
HORACIA	¡Cansarme ya con sospechas,
	si te parece muy justo,
	cuando a mi pasado gusto
	canto, como cisne, endechas!
	Pues no me canses ni alteres,
	que no es término de sabio,
	conociendo tú mi agravio
	y condición de mujeres.
	¿Téngote yo de negar
	que quise a Leandro bien?
	¿Tú no fuiste, Tulio, quien
	aquí lo vino a tratar?
	No dudes; yo he de vengarme
	y hacer hoy fiesta a su pena.

	Estoy de contento llena;
	quiero vestirme y tocarme;
	hoy ha de ser de color
	¡por vida tuya!, el vestido.
TULIO	(Ya comienzo a ser sufrido.
	¡Gran paciencia causa amor!
	Pero el hombre que se casa
	ciego a la buena opinión,
	alquile con condición
	y haga gran puerta en casa.
	Casi estoy arrepentido.)
HORACIA	Oye, que Leandro es este.
TULIO	(¡Que tanto un amor me cueste!)
HORACIA	¡Qué lloroso y afligido!

Entre Leandro, de luto

TULIO	(¡Gran luto! Tiene razón,
	porque ha perdido gran bien.
HORACIA	Pues dime tu a mí también
	qué bien perdí.

TULIO	Muchos son,
	y si te afliges ansí
	y sin vergüenza a mis ojos,
	podrá ser que sus enojos
	vengan a quebrar en ti,
	que es muy mal término ese.
HORACIA	¿Por qué no me he de alegrar?
TULIO	¿Por qué no te ha de pesar
	lo que es razón que te pese?)
LEANDRO	Si vivo en esta ocasión
	serán los cielos jueces
	que el dolor algunas veces
	vuelve en piedra el corazón.
	Que pues con este dolor
	vivir un hora he podido,
	en piedra me ha convertido
	la fuerza de su rigor.
	Porque el corazón recelo
	que ha sido como el discurso
	del agua, que en medio el curso
	queda congelada en hielo.
	Que aún las lágrimas no salen
	para llorar a Isabela;
	si el fuego no las deshiela,
	¿de quién ahora se valen?

TULIO	Digo que no le has de hablar
	ni tomar esa venganza.
HORACIA	¿Y faltarame esperanza
	que será en otro lugar?
	Hoy me tengo de vestir.
TULIO	(Hoy la sacaré los ojos.)
HORACIA	Cuando me dieses enojos...
TULIO	¿Qué?
HORACIA	No lo quiero decir.
TULIO	¿Harás matarme ¡oh villana!
HORACIA	No pongas la mano en mí.
TULIO	Anda, tira por ahí.
HORACIA	Padre tengo y tengo hermana,
	parientes tengo y amigos.
TULIO	En casa nos hablaremos.

Vanse los dos

LEANDRO

¡Qué de celos extremos
han hecho mis enemigos!
Y la que sé yo de coro
que se huelga de mi pena,

y está de contento llena

como yo de angustia y lloro.

Si se estuvieran aquí

presumo que mi tormento

les diera más sentimiento

del que ahora en ellos vi;

que la vida les quitara

haciéndolos varias piezas.

Sale Camilo

CAMILO   Ya, hijo, tantas tristezas

te van saliendo a la cara.

Creo que este pensamiento

te quite, si más porfía,

la vida, que es de la mía

la columna y fundamento.

Haz esto que te he rogado

y de Sicilia te ausenta,

que, al fin, aquí representa

más viva historia el cuidado.

Ya lo necesario dejo
prevenido a tu camino,
porque de cera imagino
tu obediencia a mi consejo.
Escoge el lugar que quieres
que a tu tristeza se oponga.

LEANDRO   Tu gusto de mí disponga,
señor, pues mi dueño eres.
Bien veo que el ausentarme
ha de ser de gran provecho,
para dar quietud al pecho,
divertirme y consolarme.

CAMILO   Pues, hijo, el camino toma,
escoge el que más te agrada,
España es tierra extremada;
Nápoles, Venecia y Roma.
En Francia tienes un primo
que es como hermano en amor.

LEANDRO   A Nápoles es mejor;
solo a esta ciudad me animo.

CAMILO   Pues ¡sus! partamos de aquí
a procurar tu consuelo.

LEANDRO   ¡Ay, tierra en que está mi cielo!,

             ¿cómo me ausento de ti?

Vanse. Sale Fabricio, padre de Manfredo, y Clarino,
criado

FABRICIO   Al cabo ya de un mes no haber escrito,

             ni aquel perdido de Belardo. ¡Oh, cielo,

             y cuán vanos remedios solicito!

             Discurre al corazón la sangre en hielo

             en solo imaginar si al hijo mío

             la tierra cubre en extranjero suelo.

CLARINO   Has dado en ese loco desvarío;

             perdóname que ansí le llame y nombre.

FABRICIO   Clarino, de su vida desconfío.

             ¡Que fuese aquel Belardo tan mal hombre,

             tan mal criado, que cualquier suceso

             no me escribiese! ¿Hay pecho que no asombre?

             ¿Si está por dicha mi Manfredo preso,

             que en Nápoles se tiene esa sospecha,

             que, al fin, era rapaz de poco seso?

CLARINO   El tuyo es menos cuando tal sospecha,

             que antes el no escribir muestra que viene.

FABRICIO	Ni consuelo ni engaño me aprovecha.
	Porque si el mar entre sus ondas tiene
	mi querido Manfredo y en tormenta
	de llegar a la playa se detiene,
	¿cómo quieres, Clarino, que no sienta
	su ausencia con igual desasosiego?
CLARINO	Ya al mar llegamos, tu remedio intenta.
	Que a Sicilia me quiero partir luego
	y traerle conmigo, donde veas
	que tus sospechas son paterno fuego.
FABRICIO	Mi vida larga con tu bien deseas.
	Mas oye: una falúa desembarca.
CLARINO	¡Oh, si fuese tu hijo!
FABRICIO	No lo creas.
FABRICIO	Ya viene a tierra una pequeña barca.

Entra Manfredo y Celín, Isabela y Fulgencia —Lope omite a Belardo, que también participa en la escena—

ISABELA	¿Que ya en Nápoles estamos?
MANFREDO	Ya estamos, señora, en él,
	aunque del viento cruel
	menos bonanza esperamos.

138

ISABELA	Consolada vengo, en fin,
	y en parte lo debo estar,
	de topar al embarcar
	a Fulgencia y a Celín.
FULGENCIA	El haberte hallado viva
	fue tanto bien para mí,
	que por tu muerte iba ansí,
	de un cautivo vil cautiva.
	Gran bien te promete el cielo,
	pues con tu resurrección
	has dado a mi perdición
	honra, paz, vida y consuelo.
BELARDO	Aunque agradecida estás
	de cobrar tu perdimiento,
	más lo está mi pensamiento,
	como quien te quiere más.
	Que pensé volverme loco
	cuando vi que concertabas
	la barca y al mar fiabas
	lo que al mar costó tan poco.
	Que cuando huyendo quisieras
	salir del peligro estrecho,
	hiciera mar de mi pecho
	en que librarte pudieras.

CELÍN	Aunque en esa voluntad
	iba más segura al doble,
	sabe que soy hombre noble
	y que guardara lealtad.
BELARDO	Celín, de eso estoy muy cierto,
	pero buen suceso ha sido
	haber los cinco venido
	a juntarnos en el puerto.
CELÍN	¿Qué es, señor, tu pretensión
	ya que en Nápoles estamos?
MANFREDO	Que a mi padre juntos vamos.
BELARDO	Y ¿quién le dirás que son?
CELÍN	Dile que la traes robada.
MANFREDO	Dices bien, pues su belleza
	ha de templar la aspereza
	de su condición airada.
FABRICIO	Clarino, ¿cómo no llego
	a abrazar al hijo mío,
	que el pecho caduco y frío
	se abrasa en paterno fuego?
	Que si detenerme puedo
	solo por saber ha sido
	si es por ventura marido
	de alguna de estas Manfredo.

CLARINO	No lo dudes, que ella es tal
	que merece ser mujer
	de un rey.
FABRICIO	Merécelo ser
	su hermosura celestial.
ISABELA	Manfredo, ya que he venido
	forzada de amor por ti,
	dime: ¿hay escrúpulo en ti
	para no ser mi marido?
	¿Puedo yo ser tu mujer
	estando Leandro vivo?
MANFREDO	Pena de oírte recibo,
	si hablar tú lo puede ser.
	De Leandro fuiste esposa,
	pero es claro testimonio
	que se acabó el matrimonio
	con tu muerte rigurosa.
	Ya tu esposo dio a la tierra
	tu cuerpo y libre quedó,
	a quien después volví yo
	el alma que ahora encierra.
	Si otra vida viene a ser
	tu resurrección, señora,
	bien puedo casarme ahora
	como con otra mujer.

ISABELA	¿Que en efecto está disuelto
	aquel mi primer lazo?)
FABRICIO	¿Qué tardo que no le abrazo?
	De abrazalle estoy resuelto.
	¡Hijo! ¡Manfredo!
MANFREDO	Señor,
	en tus brazos tomo puerto.
FABRICIO	Sí, que es el puerto más cierto
	un padre lleno de amor.
BELARDO	¿Clarino?
CLARINO	¿Belardo amigo?
FABRICIO	¿Estas señoras quien son?
MANFREDO	No te cause admiración,
	señor, que vengan conmigo,
	porque aquesta noble dama
	es de Felicio hija bella.
FABRICIO	Ya las nuevas de él y de ella
	trujo a Nápoles la fama.
	¿Haste casado?
MANFREDO	A lo menos
	vengo, señor, concertado,
	y honrado en haber hallado
	hija de padres tan buenos.

FABRICIO	Bien, mas ¿cómo te la dio
	Felicio sin casamiento?
	Hijo, ¿es este fingimiento?
	Di verdad, sépalo yo,
	no traigas alguna afrenta
	de mi casa y de tu honor.
MANFREDO	Ella es sin duda, señor,
	pero no es bien que te mienta.
	Yo la he robado y traído.
FABRICIO	De esa suerte puede ser,
	que no se fía mujer
	y menos que a su marido.
	Por ser noble y principal,
	rica y tu gusto este día,
	será, Manfredo, hija mía
	y a tu propia hermana igual.
MANFREDO	Llega y háblala, señor,
	si soy tu hijo.
FABRICIO	¿Y el nombre?
MANFREDO	Isabela, que no hay hombre
	que ignore su gran valor.

FABRICIO   Hija, Isabela, yo soy

padre de Manfredo. Alzaos,

no os humilléis, levantaos,

que brazos de padre os doy.

Yo huelgo y soy venturoso

en que así mi casa honréis.

ISABELA   Por liviana me tendréis

en seguir incierto esposo;

mas cuando, señor, sepáis

el milagro y la ocasión,

disculparéis mi razón.

FABRICIO   Muy mal en la playa estáis.

Venid conmigo a mi casa,

que aunque no es cual merecéis,

ni el alma pobre hallaréis

ni la voluntad escasa.

¿Son estos criados vuestros?

ISABELA   Para serviros, señor.

BELARDO   Despacio sabréis, señor,

los largos sucesos nuestros.

MANFREDO	Señor, porque yo imagino
	que en mi seguimiento vienen
	y que ya en la más tienen
	la venganza y el camino,
	desde vuestra casa quiero
	que a la iglesia juntos vamos.
FABRICIO	Seguros en ella estamos.
	Venid, descansad primero.
MANFREDO	Pues si aquesto no te mueve,
	hazlo, señor, por mi gusto.
FABRICIO	Que la goces es muy justo,
	pero ¿tan breve?
MANFREDO	Tan breve.
FABRICIO	Si eso importa, apercibid
	vosotros la parentela.
MANFREDO	Venid, mi dulce Isabela.
BELARDO	Dulce Fulgencia, venid.

Vanse. Salen Camilo y Leandro

LEANDRO	Es, sin duda, mayor la bella Nápoles
	que tu fama, señor, y largo prólogo,
	que yo pensaba que el tenerme lástima
	era contarme su grandeza espléndida
	por divertir mi pensamiento mísero
	de una imaginación tan melancólica.
CAMILO	¿No te agrada en extremo?
LEANDRO	Estoy mirándola
	por un milagro de los siete célebres.
	¡Qué bravos edificios! ¡Qué gran máquina!
	¡Qué lindas plazas, torres y pirámides,
	y qué castillo y foso fuerte y bélico!
	Pues ¿qué es, señor, mirar tantos artífices
	y tan diversas calles de mecánicos?
	¿Qué es ver tantas naciones de mil géneros,
	de España, Francia, Italia, Córcega,
	hasta los turcos y remotos árabes?
	¡Bien la llaman la bella!
CAMILO	¡Qué gran límite
	tiene por esta parte su gran término!
	Aquí quiero que mudes de propósito
	y que deseches ese amor intrínseco.

Aquí hay mujeres de hermosura angélica

que exceden a la rosa y nieve cándida;

enamórate de una de ellas, ríndete

y, si te pareciere noble, cásate,

que ya es cansado aquese tu amor trágico,

y yace tu Isabela en triste bóveda

cubierto el rostro de una losa frígida.

LEANDRO   Ese cuerpo, señor, que dejó el ánima

tiene la mía oculta en lo más íntimo,

tanto, que a no estar ya los miembros débiles

pudiera andar y hablar sin dar escándalo.

No me mandes que olvide el primer tálamo

de mi amada mujer, muerta de súbito,

que aquellos labios y mejillas cárdenas

son para mí claveles, rosa y púrpura,

y están muy frescas mis debidas lágrimas

para agraviar su amor y honrado túmulo.

CAMILO   No te canses ahora en esas pláticas,

que, si amor ya no puede ser recíproco,

¿de qué sirve querer entre unos mármoles

unos huesos de tierra sin espíritu?

Si amar a otra fue remedio fábulo,

no todos los que quedan son inútiles.

147

	Aquí hay mil caballeros, hay mil príncipes,
	hay mil soldados fuertes y belígeros,
	con quien puedes tratar cosas políticas;
	finalmente, Leandro, harás buen ánimo.
LEANDRO	Por agradarte esfuerzo el pecho tímido.
CAMILO	Tras este triste vendrá un tiempo próspero,
	y para el tiempo son remedios fáciles
	los que imposibles el dolor recela.
LEANDRO	¡Ay, difunta, bellísima Isabela!

Vanse. Sale Roberto, príncipe de Nápoles; Leonardo, caballero, y dos Cazadores

ROBERTO	¡Extremada caza ha sido!
	Yo me he holgado en extremo.
LEONARDO	Sí, pero mucho has corrido,
	y, sin el cansancio, temo
	al sol, por julio encendido.
ROBERTO	La frescura, prado y hierba
	de todo su ardor preserva.
	Mucho me holgué cuando vi
	la industria del baharí
	y la traición de la cuerva.

FRONDALIO	Eso, Príncipe famoso,
	ya parece artificial
	batalla y campo forzoso;
	pero lo que es natural
	se tiene por más gustoso.
	¿no te causó maravilla
	ver la triste pajarilla
	que siguió aquel alcotán?
ROBERTO	Ese fue lance galán,
	y el ver tan cerca seguilla;
	que de miedo que tenía
	del caballo entre los pies
	se me enredaba y metía,
	y dejándola después
	huyendo otra vez volvía.
CORINEO	Lo que deseaba el lance,
	mas no pudo darle alcance.
LEONARDO	¡Bravas puntas levantó!
FRONDALIO	Pudiera tomarla yo
	casi en el postrero trance,
	que en las manos se me puso
	de miedo del alcotán.

CORINEO	Después se quedó recluso por las encinas que están en aquel monte confuso.
LEONARDO	Del Príncipe huyendo iría al sagrado, que podía, porque era delito grave matar a su vista un ave.
ROBERTO	No lo mostró su porfía; y, para decir verdad, ni fue temor ni piedad; que, no siendo yo su rey, no era crimen contra ley de la lesa majestad; que el águila, si le viera, puede ser que se agraviara.
LEONARDO	Sí, pero en esta ribera, cuando el águila volara se te humillara y rindiera, porque estando tan cercano al imperio soberano súbdita el águila es, pues la pintan a los pies del Emperador romano.

ROBERTO	Ahora bien; en cuanto abraza
	nuestro terreno deseo
	hacer una insigne caza.
LEONARDO	A Frondalio y Corineo
	puedes confiar la traza.
CORINEO	Y podrás, cuando te fíes,
	con halcones y neblíes,
	volar cuervas, matar garzas,
	o francolines en zarzas,
	o en el monte jabalíes;
	que tal vez con parda tela,
	donde tuviere la cama,
	dos días antes cercarela.
ROBERTO	Pues esa es caza de fama.
	Sabed el puesto y harela,
	y apercibid los sabuesos.
FRONDALIO	No sea en montes espesos,
	sino en los que se conocen.
ROBERTO	Bien dices, porque se gocen
	mejor los buenos sucesos.

Vanse. Sale Leandro, alborotado, y Camilo

CAMILO   ¿Qué dices? ¿Estás loco?

LEANDRO   Estoy muy cuerdo,

y por eso te llamo con tal priesa.

CAMILO   Leandro, vuelve en ti.

LEANDRO   Padre Camilo,

si no es pura verdad que vi a Isabela,

la tierra se abra aquí, y aquí me

trague.

CAMILO   ¿Qué dices, loco? ¿No quedó en Sicilia

muerta, enterrada y dentro de una

bóveda,

con un peñasco encima, como

Encélado,

en que después pusieron estos versos,

que yo leí después?

LEANDRO   No lo recites,

que no estoy loco ni he menester

señas.

¡Viva es mi esposa, mi mujer es viva!

CAMILO	¡Calla, que otra será que la parezca!
LEANDRO	Jamás Naturaleza ni los cielos
	tuvieron molde para hacer imágenes,
	que, a su albedrío, pintan lo que quieren,
	y, en haciendo el borrón, rasgan la estampa.
CAMILO	Bien digo yo, Leandro, que estás loco.
	¿Qué molde ni qué estampa? ¿Qué es aquesto?
LEANDRO	Padre, si soy cristiano, padre mío,
	si tengo fe, creed mis juramentos;
	¡yo vi a Isabela!
CAMILO	¿Tú?
LEANDRO	Yo, digo, y viva.
CAMILO	¿Cómo la viste o dónde?
LEANDRO	En una iglesia.
CAMILO	¿Ves si estás loco? ¡Que enterrarla viste
	en una iglesia, has de decir!
LEANDRO	No digo,
	sino que aquí la he visto en una iglesia,
	donde llegué, por ser tan nuevo en Nápoles,
	a las voces que daba todo el vulgo,
	diciendo que había allí una novia hermosa.
CAMILO	¿Qué novia? ¿Desatinas, rapacillo?

LEANDRO	Yo estoy en mí; la novia era Isabela,
	que con aquel Manfredo se ha casado.
CAMILO	¿Qué Manfredo?
LEANDRO	Aquel moro, padre mío,
	que la sacó, sin duda, de la bóveda,
	donde, sin falta, la enterramos viva,
	pensando que era muerte su desmayo.
CAMILO	El corazón me ha dado una sospecha;
	Ya te he entendido. ¡Vive Dios, que es viva!,
	y que dices verdad, que la ha robado,
	¡y aun plegue al cielo que no fuese entre ellos
	fingido su concierto y su desmayo!
LEANDRO	Eso no creo yo de mi Isabela,
	sino que fue robada siendo muerta
	y que después vivió siendo robada;
	y como se disuelve el matrimonio
	por muerte de uno de los que contraen,
	y el otro queda libre y libremente
	puede, si quiere, hacer segundas bodas,
	Isabela, engañada, las ha hecho.
CAMILO	Leandro, vamos luego a la justicia;
	¿qué digo a la justicia?, al mesmo Príncipe,
	que este no es pleito para andar despacio.
	¿Dijiste alguna cosa cuando viste
	el acto injusto y matrimonio errado?

154

LEANDRO	¿Cómo si dije? Dije mil locuras,
	di voces en la iglesia, metí mano,
	pedí mi esposa, y viendo que la gente
	contra mí se volvía y me injuriaba,
	pedile a Dios y díjele con lágrimas
	que se moviese a defender su causa.
	Entendiéronme bien algunos viejos,
	y, viendo el sacramento reiterado,
	los dos maridos bellos, e Isabela,
	que confesaba serlo yo primero,
	juntos, con gran favor, deudos y amigos,
	la llevaron al príncipe Roberto,
	informando del caso a un gran letrado,
	por quien temo que falte mi justicia,
	si tú no la defiendes, pues lo eres,
	porque el letrado pienso que es su padre,
	según allí me dijo alguna gente.
CAMILO	Si él es legista y padre, yo soy padre
	y legista también, y estoy muy cierto
	de mi justicia, que es lo más que importa;
	y ahora, solamente en esta causa,
	agradecido estoy a mis trabajos,
	a mis largos estudios, que habían sido,
	por mi hacienda y nobleza, sin provecho.

	Guía a Palacio, que por el camino,
	de improviso y sin libros, la memoria,
	siendo despertador tu amor paterno,
	me ha de ofrecer los textos y las glosas,
	las leyes, los derechos y opiniones.
LEANDRO	En tu razón se fundan mis razones.

Vanse, y sale el Príncipe, un Gobernador, Fabricio y Manfredo e Isabela

PRÍNCIPE	Todo lo tengo entendido,
	y es un caso extraño y nuevo.
GOBERNADOR	Yo a juzgallo no me atrevo.
PRÍNCIPE	Guarda a la parte un oído
	y podrás, Gobernador,
	cuando la información te den,
	no agraviar y juzgar bien.
GOBERNADOR	Juzga tú, invicto señor.
PRÍNCIPE	Tú eres mi propia persona,
	y aunque aquí me haces ventaja,
	toma esa grada más baja.

Siéntase y el Gobernador a los pies

	Respetemos la Corona,
	porque, con mayor razón,
	se te debe este lugar,
	o a mi lado habéis de estar.
GOBERNADOR	Grandes tus ejemplos son
	y tu inclinación divina
	en honrar las letras tanto.
PRÍNCIPE	Quiero mirar entre tanto
	su hermosura peregrina,
	y a fe de rey que es extremo;
	buen pleito tiene esta vez,
	tanto que, siendo el juez,
	como condenado temo.
	¿Quién es el segundo esposo?
MANFREDO	¡Yo, señor!
PRÍNCIPE	Y desdichado.
MANFREDO	¿En qué?
PRÍNCIPE	En no la haber gozado.
MANFREDO	¡Tú, señor, me harás dichoso!
PRÍNCIPE	Y el que ahora te detiene
	tanto bien, ¿dónde está?
	¿Cómo no viene?

157

MANFREDO	Él vendrá,
	aunque ya pienso que viene.

Salen Camilo y Leandro

CAMILO	A tu trono, Rey supremo,
	indignamente me humillo.
LEANDRO	Ya de ver me maravillo,
	mi muerta, que viva temo.
PRÍNCIPE	¿Quién eres?
CAMILO	Camilo soy.
PRÍNCIPE	¿Tu hijo?
LEANDRO	Yo, a tu servicio.
PRÍNCIPE	¿Quién son Manfredo y Fabricio?
FABRICIO	Aquí, con Manfredo estoy.
PRÍNCIPE	Dicen Leandro y Manfredo,
	que tenéis padres letrados.
FABRICIO	Los dos somos abogados
	del pleito.
PRÍNCIPE	Contento quedo,
	pues una sangre tenéis
	y un mismo pleito tratáis.
	Vos, dama, ¿qué confesáis?

ISABELA	Todo lo que he visto habéis,
	que ya os he dicho, señor,
	que fui enterrada por muerta.
PRÍNCIPE	Y tú que abriste la puerta
	movido de ciego amor.
MANFREDO	Muerta de allí la saqué
	y entre mis brazos vivió.
PRÍNCIPE	¿Y qué le pides tú?
LEANDRO	Yo
	mi mujer pido.
PRÍNCIPE	¿Por qué?
LEANDRO	Porque mientras alma tuvo
	no es matrimonio disuelto.
MANFREDO	Yo, señor, estoy resuelto
	en que ya sin alma estuvo,
	y, al fin, la muerte y entierro
	apartan el matrimonio,
	de que he dado testimonio.
CAMILO	Eso es yerro.
MANFREDO	¿Cómo yerro?
CAMILO	Hablad, y luego hablaré.

FABRICIO   Prometed darme lugar.

CAMILO   Digo que os dejo informar

            y que luego informaré.

FABRICIO   Que se disuelve, y es llano,

            el matrimonio en la muerte,

            nos los refiere y advierte,

            como sabes, Justiniano,

            en el Auténtico, *De nuptiis*,

            en el párrafo *deinceps*,

            [...]

            [...]

            quae mors omnia solvit, dice;

            y si es verdad que acabó,

            quien a Isabela obligó

            ya muerta, pues contradice

            la ley *nec ab initio Codice de nuptiis*

            sit, que, para su igualdad,

            matrimonio y compañía,

            lo que en latín se diría

            propiamente sociedad,

            después de la muerte es vano

            querer que dure en razón,

que es contra la decisión
que escribe Papiniano.
En la ley si fratres, párrafo
ídem, *respondit pro socio.*
[...]
[...]
Y por estas partes vistas,
en los términos estamos,
de la cuestión que tratamos,
teólogos y juristas,
pues quieren averiguar
si el patrimonio dejado,
Lázaro, resucitado,
pudo volver a tomar,
pues es verdad que sería,
como de cosas tan llanas,
partido entre sus hermanas,
que fueron Marta y María;
y que, siendo casado,
pudo otra vez compeler
a continuar su mujer
el matrimonio pasado.

Y aunque en esta diferencia,

que en mi favor testifico,

a Cursio, con Alberico,

defiendan lo que es herencia,

en la ley tres, *Digestis de légibus*

que los bienes le volviesen

que primero poseyó,

donde argumento quedó

que algunas leyes dijesen

que el hombre que condenado

a muerte civil ha sido,

y después restituido

del rey al primero estado,

vuelva a sus bienes también,

herencias y posesiones,

como muchas decisiones

de emperadores se ven.

En el título Códice, de *sententiarum,*

passis et restitutis.

Y que así el restituido

del Príncipe celestial

a la vida natural,

que, en efecto, habrá perdido,

se deba restituir

a los bienes. De otra suerte,

de otros la opinión se advierte

que debo en esto seguir,

que en este Real Teatro

no es bien que cansaros piense;

leed a Antonio Brigense

la cuestión cincuenta y cuatro,

y es opinión singular

que las que heredadas fueron,

el dominio que adquirieron

no se les puede quitar.

Ley *id quod nostrum de regula juris*

ley qui res, paragrafo ad eam

de solutionibus.

Cuando al matrimonio, fue

menester nuevo contrato,

porque aquel primero trato

por muerte disuelto fue.

Y esto quiero que oiga el Rey,

que, volviéndose a casar,

no se le pudo estorbar

argumento de la ley

Quod si minor, scuola

de minoribus.

Que, si quitarle pudiera

después el otro marido,

como aquí se ha defendido,

un absurdo se siguiera,

y es que en la resurrección

universal de los muertos,

si no estuviéramos ciertos,

que es cierta aquesta opinión,

ser alguno, cuando nombres,

las causas que en contra quieres,

marido de mil mujeres

y una mujer de mil hombres;

y el casar no implica mal

cuantas veces se enviudara,

como mejor lo declara

el capítulo final *De sponsalibus.*

CAMILO ¿Has dicho?

FABRICIO Dije.

CAMILO   Y largamente has dicho.

Y ansí, pruebo que nunca fue disuelto

el matrimonio de Isabela y Leandro,

ni aconteció tampoco en estos términos

que has alegado en la cuestión de Lázaro;

que, en este caso, la común escuela

de teólogos prueba que fue muerte

la de Lázaro cierta, y que a su cuerpo

la misma alma le fue restituida,

y ansí, después quedó como antes Lázaro,

el mismo en todo, en número y especie,

y ansí, tan justo fue darle sus bienes,

y declararle fuera también justo

como fuera casado, que duraba

el mesmo matrimonio contraído,

como resuelve, respondiendo a todo,

Brigense en el lugar arriba dicho,

y Arcediano mejor, en el capítulo

Licet trigesima secunda quaestion octava,

donde el sentido, prueban los teólogos

y canonistas, que no pudo Lázaro

bautizarse otra vez, reiterando

el sacramento, que es irrepetible.

Y en este lugar dice Torquemada

que la cuestión de Lázaro es impropia

cuando alguno se hubiere hallado vivo,

pasadas de su entierro algunas horas,

dentro de algún sepulcro, cueva o bóveda,

porque este bien se ve que estuvo vivo,

y, cuanto a él, no hay que dudar, ni puede,

en lo que es extinción del matrimonio,

pues siempre duró en él; con lo cual vemos

que se dice de nuestro caso *in terminis*

y es llana la justicia de Leandro.

PRÍNCIPE   ¿Tenéis ya más que alegar?

CAMILO   Para tan clara razón,

¿qué mayor comprobación?

¡Bien puedes, Rey, sentenciar!

FABRICIO   ¿Tan seguro estás?

CAMILO   ¿Pues no?

¡Bien sabes tú la verdad!

FABRICIO   La que digo.

CAMILO   Esa es maldad.

FABRICIO   Puedo enseñarte.

CAMILO   ¿Quién?

FABRICIO	Yo.
CAMILO	Tu alabanza es vituperio.
LEANDRO	Y si esto no es suficiente,
	acuso criminalmente
	a Manfredo de adulterio.
PRÍNCIPE	Paso, no haya más. ¿Qué dices,
	Gobernador?
GOBERNADOR	Que tú eres
	juez.
PRÍNCIPE	Di lo que supieres.
GOBERNADOR	Basta que tú lo autorices.
	Señor, a mi parecer,
	el matrimonio primero
	es válido.
PRÍNCIPE	¿Cómo?
	Gobernado quiero
	que lo entiendas. —Di, mujer
	de Leandro, ¿no lo fuiste?
ISABELA	Sí que lo fui, pero advierte
	que me aparté con la muerte.
GOBERNADOR	¿Cómo, si viva estuviste?
	¿Tenías alma?

ISABELA	Sí, señor.
GOBERNADOR	¿Con qué le distes la fe?
ISABELA	Con el alma.
GOBERNADOR	Luego fue
	casarse otra vez error.
	Esto es, señor, lo que entiendo.
PRÍNCIPE	Pues ¿qué hay más que confirmallo?
	Eso juzgo y eso fallo
	pro tribunali sedendo.
GOBERNADOR	¿Que Leandro goce de ella
	mandas?
PRÍNCIPE	Escribid se puede,
	con tal que Manfredo quede
	absuelto de la querella,
	a quien, de lástima, ofrezco
	de mi palacio una dama.
GOBERNADOR	¡Extraño pleito!
PRÍNCIPE	De fama.
LEANDRO	¡Victoria, laurel merezco!
	Dame esa mano, Isabela,
	y olvídese lo pasado.
ISABELA	Con tu amor me has obligado.

LEANDRO	Deuda ha sido.
ISABELA	Pagarela.
MANFREDO	Perdí mi Isabela amada,
	pero ya el rey me remedia

FIN

Libros Mablaz

Narrativa — Relatos

/www.librosmablaz.com/